戦争世代から令和への伝言

九人の戦争体験者が遺したことば

Kikuchi Masao
菊池征男

潮書房光人新社

はじめに

私にとって太平洋戦争の原体験は、昭和十九（一九四四）年の秋、四歳と五ヵ月ごろのことである。宮崎県延岡市のわが家の右隣、甲斐家の大黒柱である栄造おじさんが出征することになった。

わが家の縁側で私は祖母たちと、出征軍人を乗せた汽車が通過するとき、日の丸の小旗を思いきり振った。車窓からは兵隊さんたちが身を乗り出して手を振っていた。故郷の山と川そして地域の人たちともこれが見おさめになるかも知れないのだ。車窓に飛んで行く原風景をしっかりと双眸におさめておきたいという思いであったろうと思う。

明けて昭和二十年の四月か五月ごろだったと思うが、隣の甲斐家に悲しい知らせが届いた。栄造おじさんが硫黄島で戦死したというのだ。それから一週間後であったか、一ヵ月後であったか記憶にないが、遺骨のないままの葬儀が行なわれた。多くの人が弔問に訪れて、長い葬列がつづいていた。

それから一ヵ月もしないころ、私は母と母方の祖母に連れられて、熊本へむかった。五歳のときである。今にして思えば、何に乗って、どういうルートで熊本に行けたのか、私には想像もできない。ただ健軍駐屯地の営門で多くの兵隊さんにかわるがわる抱っこされたことは憶えている。それは私が特別可愛かったわけではなく、兵隊さんが私と同じくらいの年齢の子供を故郷に残して軍務についていたので、自分の子供と私がダブったのだろうと、大人になって思った。

ではなぜ、祖母と母は宮崎から熊本まで戦火の中を行ったのかというと、母の弟（私にとって叔父）が、熊本・健軍から鹿児島の万世基地へ移動することになったからである。祖母と母は、肉親が特攻隊（軍では特攻隊で出撃するとはいっていないが）として出撃する組に入っていることが知らされたので、今生の別れと思って熊本まで会いにいった、後に母はそう話してくれた。だが、長男であることが理由であるかどうかはわからないが、叔父には特攻出撃の日は最後までなかった。戦後、叔父は「戦友の八割が特攻で戦死したよ」と話してくれた。

私の父・菊池昶《ひよし》は日支事変で召集され、徐州作戦で戦っていたが、昭和十九年か二十年か覚えていないが除隊となり、わが家に帰ってきた。その日が私と父との初対面であった。そして終戦間際に再び召集令状が届いたが、その数日後に終戦となり、父は生きのびた。

昭和二十年の七月ごろ、私の住んでいる宮崎県延岡市がB－29による空襲を受けた。焼夷弾《しょういだん》が、まるで花火のように赤々と夜空を焦がして落ちてゆき、火災が発生して延岡市は大きな被害がでた。戦後の調査では、日本全国の空襲被害の大きかった都市のベストテンに入っているくらいである。九州の田舎都市になぜという疑問がわくが、当時、延岡には日窒兵器工場（旭化成の前身）があり、ここではダイナマイト、雷管、戦闘機の部品などを造っていたのである。アメリカはそれらの情報をつかんでいたのだ。

そんな状況のある日、母と小径を歩いていると、ブーンという航空機の音が聞こえたかと思った瞬間、ダダダッといきなり米艦上機による機銃掃射を受けたことがあった。そのとき、私は恐怖感をおぼえた記憶はないが、母にいわせると、もう死んだと思ったという。母は私の身体に覆い被さって守ってくれた。そのころの国民には、明日という日はなかった。今日を生きることが精一杯であった。

昭和二十年八月十五日ついに終戦。延岡の田舎町にもジープに乗った米兵がやってきた。M4シャーマン戦車がキャタピラの音を響かせて町中を走っていた。小学校では朝礼の前に米軍の将校（私の記憶ではメジャー＝少佐）が壇上から民主主義のウンヌンを説いていたようであった。私はまだ小学校に入学していなかったが、三つ年上の兄のあとについて小学校にはよく行っていた。

私が小学校に入学したのは昭和二十二年四月である。これまでの戦前教育がマッカーサー元帥によって否定され、戦後教育を受けた最初の児童で、みんなみすぼらしい格好をしていた。生徒の中には父を戦争でなくした者やまだ戦地に残っているか、シベリア抑留生活を送っている人の子供たちがいるという複雑な環境であった。

そんな生活がつづく初夏のころ、わが家の庭先きで、祖母が庭いじりをしていた。私も手伝っていたが、人の気配に気づいてふと顔をあげると、そこにはリュックサックを背負い右手に大きな荷物を持った見知らぬ若い男性が立っていた。私と目が会うと「元気か」といやに親しげに声をかけてきた。そして祖母の背にむかって「お母さん、オレだよ、オレ」と声をかけた。祖母はその言葉が聞こえているのかどうか、見向きもしないで庭いじりはつづいていた。一瞬の間をおいて「今ウチでは買いたいものはないよ」と祖母がいった。今でいう押し売りと思っていたのだ。「お母さん、オレだよ。今朝治《けさじ》」

その言葉で祖母は振り返った。祖母にとっては、戦死公報はいまだ届いていないもののすでに戦死していると思っていたわが息子（菊池家次男、筆者の叔父）が、夢か現実なのか、庭先に立っているのだ。お墓を建てなければといっていた息子が、生きて戦地から帰ってきたのである。

私はこの光景をみて、六歳の子供には理解できない現実であり、不思議な世界をみる思いであった。わずか二、三年の間に、平和な今の時代の数十年分の出来事を体験したような気がしてならない。

時は過ぎて、昭和四十二年十一月、私は潮書房・光人社（現・潮書房光人新社）に中途入社した。その日から四十余年間「丸」の編集にたずさわることになった。「丸」は昭和二十三年一月に発刊された月刊誌で、戦記と戦史と現代の軍事関係の情報を基本的なテーマにして編集している。

なかでも特徴的なことは、あらゆる戦闘の一場面を、一個人の目を通して語らせることにある。もちろん、それだけでは戦闘の全容は見えてこない。しかし、一将兵の身の回りにおきた生々しい体験談を聞くことができる。公刊戦史では記述されることのない「真実」の話が語られるのだ。

太平洋戦争が終結してから今年で七十四年になる。私にとって身近にあったあの「戦争」も遠くに行ってしまった気がする。太平洋戦争は人々の脳裏から忘れ去られようとしている。これでいいのだろうか、そういう思いが私にはある。四十余年間、私は戦争と向き合って生きてきた。元軍人たちの戦記、インタビュー等、私にとって忘れられないことが沢山ある。

平成三十一年四月三十日をもって平成時代は終わり、新元号は令和となった。平成の天皇は先の戦争を決して風化させてはならないというお気持から、かつての激戦地である硫黄島、サイパン、ペリリュー、フィリピンなどへの慰霊の旅を続けてこられた。

平成十七年十二月二十五日、戦後六十年、七十二歳の誕生日の記者会見で、「日本は昭和二十年の終戦まで、ほとんど平和な時がありませんでした。この過去の歴史をその後の時代とともに正しく理解しようと努めることは、日本人自身にとって、また日本人が世界の人々と交わっていく上にも極めて大切なことと思います」

と述べられている。

そして平成二十七年には、「戦争の記録は後世に伝えるため、残しておかなくてはならないと思います」といった主旨のことも述べられている。

天皇陛下のお言葉に、私はおおいに勇気づけられた。振り返ってみると、これまで数多くの元軍人など戦争体験者にインタビューしてきたが、いまや彼らの大半が鬼籍に入ってしまった。その肉声を直接聞くことが出来た私が、彼らのことばを記録しておくことには意味があるのではないかと思ったのだ。

戦争に対するリアリティーを感じられない若い世代に、かつて日本が総力をあげて戦った太平洋戦争とは何だったのか——昭和史の一部分ではあるが、本書がそれを伝える一助になれば幸甚である。

著者

戦争世代から令和への伝言　目次

はじめに 1

第一話
漂流の後、捕虜となった若き海軍士官の戦い
当時、空母「飛龍」機関長付・元海軍少尉 萬代久男 13

第二話
特攻隊を指揮した戦隊長の苦悩
当時、飛行第二十戦隊長・元陸軍少佐 村岡英夫 61

第三話
零戦パイロットが体験した史上初の空母対空母の戦い
当時、空母「翔鶴」戦闘機隊・元海軍飛行兵曹長 小町 定 99

第四話
エース坂井が見逃した敵輸送機、機内に見えた金髪の母娘の運命
当時、台南空戦闘機隊・元海軍中尉　坂井三郎
127

第五話
行方不明のクルーを探し続ける米軍爆撃機乗員の長い旅路
当時、B－17爆撃機航法士・元米陸軍少尉　J・L・ホルギン
153

第六話
四十六年目の奇跡──「戦死」した搭乗員は生きていた！
当時、台南空戦闘機隊・元海軍二等飛行兵曹　伊藤　務
169

第七話
帝都防空に奮戦した二四四戦隊「とっぷう」隊長のB－29邀撃戦
当時、第二四四戦隊第二飛行隊長・元陸軍大尉　竹田五郎
191

戦争世代から令和への伝言

――九人の戦争体験者が遺したことば

第一話

漂流の後、捕虜となった若き海軍士官の戦い

海軍機関少尉任官時の萬代久男さん

【証言者】

萬《まん》代《だい》久《ひさ》男《お》

当時、空母「飛龍」機関長付・元海軍少尉

MI作戦

昭和十六（一九四一）年十二月八日、ハワイ真珠湾の奇襲攻撃に成功した日本海軍は、オアフ島を奪取するところまではできなかった。そこで昭和十七年四月中旬、第二段作戦計画の一環としてミッドウェー環礁に関する作戦案が上奏・裁可されたことにより、MI作戦が計画された。

作戦の目的は、ミッドウェー環礁を占領して、ここに航空部隊を進駐させハワイ・オアフ島攻略の前線基地とすることを第一として、第二はミッドウェーを攻略することにより、米太平洋艦隊を誘い出し、これを一挙に撃滅しようというものである。このことにより東方正面の防衛線を確保し、日本に必要な資源物資を調達、戦争の長期化に備えようとした。

当初、大本営や海軍の軍令部は、連合艦隊が構想したこの作戦に反対であった。ところが四月十八日、米側は空母「ホーネット」に、米陸軍航空隊のB－25爆撃機を搭載して、ジェイムズ・H・ドーリットル陸軍中佐の指揮による東京初空襲を行なった。これに驚いた陸海軍は、急遽MI作戦を最重要の作戦として実施することになった。

こうしてMI作戦の出撃準備が整った連合艦隊司令部は、攻略予定日のN日（六月七日）に照準を合わせて作戦任務についた。その第一段階として、五月二十七日、空母「赤城」「加賀」「蒼龍」「飛龍」を基幹とする南雲忠一司令長官ひきいる第一機動部隊が瀬戸内海の柱島泊地を出撃した。二十九日には、同じ柱島から近藤信竹司令長官ひきいるミッドウェー攻略部隊の主隊、つづいて山本五十六連合艦隊司令長官直率の主力部隊が出撃していった。

六月四日の〇六：〇〇（午前六時）、同行の輸送船団が、米海軍の哨戒機PBYカタリナ飛行艇に発見された。その情報を受けた米軍側は、午後に陸軍のB－17フライングフォートレス爆撃機九機による爆撃を行なったものの船団に被害はなかった。だが、輸送船団は反転して一時退却することになった。

一六：四〇、重巡「利根」から「二百六十度方向、敵機約十機を認む」との緊急発信があった。しかし、何事もなく第一機動部隊は航行をつづけた。

二三：三〇、「赤城」の対空見張員から「敵触接機の明かりらしきもの右九十度、高角七十度、雲の上近寄る」との発光信号が発せられた。

六月五日、〇一：三〇、南雲長官は第一次攻撃隊の発艦を下令した。

第一次攻撃隊は「飛龍」の飛行隊長友永丈市大尉を総指揮官として、「赤城」「加賀」「蒼龍」「飛龍」が搭載する制空戦闘機三十六機、急降下爆撃機三十六機、水平爆撃機三十六機合わせて百八機が、母艦を発艦していった。そして上空で編隊を組むとミッドウェー環礁をめざした。

「飛龍」から攻撃隊に参加したのは、重松康弘大尉ひきいる零戦九機、友永大尉直率の九七艦攻十八機合わせて二十七機であった。攻撃隊は〇三：一五にミッドウェー環礁を発見した。

がそのとき、空中待機していた約四十機からなるＦ４Ｆワイルドキャット戦闘機と会敵、ただちに空戦となった。いっぽう、〇五：一〇、「飛龍」の艦橋に「敵機動部隊発見」との報告が伝えられた。それから二十分ほどして、ミッドウェー攻略隊が「飛龍」の上空に舞い戻り、次々と着艦してきた。

ミッドウェー海戦——空母「飛龍」の最期

〇六：三〇、四隻の空母を中心とする輪形陣の外側で護衛任務についている駆逐艦から「敵機大群来襲」をあらわす発煙信号が上げられた。

「対空戦闘」

「第五戦速！」

つぎつぎと戦闘命令が下され、艦内はにわかに慌ただしい空気に包まれた。

見張員の大声が響き渡った。

「左九十度、水平線」

「雷撃機の大群が突っ込んでくる」

ついに米空母機がやってきたのだ。するとまず護衛任務にあたっている駆逐艦の対空砲が火を吹いた。それに合わせるかのように、戦艦、重巡の砲が火を吹いた。激しい砲撃戦がはじまった。

「撃ち方はじめ！」の号令とともに全高角砲から上空三千メートルの敵機に向かって撃ち上げられた。真っ黒い砲煙で敵機が見えなくなった。しばらくして敵機が上空から消えて、第一波の急降下爆撃機と「飛龍」の戦闘は終わった。一瞬ホッとした「飛龍」の乗員の目に飛び込んできたのは「赤城」が黒煙に包まれている姿であった。さらに目を転じると「加賀」も「蒼龍」も火焔に包まれていた。

一三：一二、「敵機発見」の知らせが届いた「飛龍」では、飛行甲板で待機していた八機の零戦がつぎつぎと発艦していった。

一三：四〇、上空警戒にあたっていた零戦が十二機からなるＳＢＤドーントレス急降下爆撃機を発見し、「飛龍」に報告したが、通信機の具合が悪かったため、その情報は届かなかった。だから「飛龍」では自分たちの頭上に敵艦爆隊が迫っていることを知らなかったのである。

一四：〇一、「飛龍」の見張員が、

「敵機、急降下ッ！」

と叫んだ。

乗員たちが空を見上げると、太陽を背にして急降下してくる十二機のＳＢＤドーントレスの機影があった。それにむかって左右両舷の機銃群が狂ったように火を吹く。三十ノットの高速で航行する「飛龍」は、加来止男艦長の「面舵一杯ッ」の号令とともに右へ回頭し、投下された爆弾から逃れようとした。

最初に投下された三発は後方にはずれて落下した。これを見た後続機は照準を修正したので四発目から命中した。最初の命中弾は前部エレベーターを直撃、そのエレベーターが吹き飛んで艦橋に当たった。残る三発は艦橋右側に集中し、飛行甲板が破壊された。

爆弾は飛行甲板を貫通して、その下にある格納庫で爆発した。格納庫には、薄暮攻撃のために用意されていた九九艦爆、九七艦攻、零戦などが待機しており、爆弾や魚雷などもあった。これらがたちまち誘爆を起こし艦内は大火災となった。総員が一丸となって消火につとめたが、消火装置が破壊されていて効果がなかった。

大火災と黒煙を吹き上げながらも「飛龍」は三十ノットの速力をもって航行していたが、しだいに速力も落ち、一八：三〇ごろには十八ノットしか出せなくなっていた。

ついに機関が停止した。「飛龍」には、第十駆逐隊の「風雲」と「夕雲」が近づき、消防蛇管をかけ渡し、駆逐艦の動力で放水をはじめた。これが功を奏して二一：〇〇ごろ鎮火の兆しがみえはじめたが、ふたたび誘爆が起こり、これ以上消火をつづけても「飛龍」を救う見込みはなかった。

加来艦長は、山口多聞第二航空戦隊司令官の許可を得て、二三：三〇に「総員の退去準備」を下令した。つづいて二三：五〇「総員集合」が下令され、加来艦長と山口司令官が艦橋から降りてきた。

左舷後部の飛行甲板に集まった乗員に対して艦長と司令官が訓示した。

加来艦長は、

「諸君が一生懸命努力したけれども、このとおり本艦はやられてしまった。力つきて陛下の艦をここに沈めねばならなくなったことはきわめて残念である。どうかみんなで仇を討ってくれ、ここでお別れする」

また山口司令官は、

「私から何も述べることはない。お互い、この会心の一戦に会い、いささか本分をつくし得た歓びがあるのみだ。みなとともに宮城を遥拝して天皇陛下万歳を唱し奉りたい」

甲板上で全員が水盃を交わし、皇居を遥拝して「天皇陛下万歳」を唱え、軍艦旗と将旗(この将旗は現在、広島県呉市の「大和ミュージアム」に寄贈されている)をおろした。

六月六日〇〇：一五、加来艦長は「総員退去」を命じた。

第二航空戦隊司令部の参謀や「飛龍」の幹部たちが、再三にわたって山口司令官と加来艦長に退艦するよう要請したが、それは受け入れられなかった。それならばと副長の鹿江中佐が「私も残ります」と申し出た。すると加来艦長は言下に退けた。

「それはいけない。自分は艦長、一艦の責任者として艦と運命をともにする名誉を担う者である。他の乗員には絶対許さん。副長には後事、総員のことをよろしく頼む」

山口司令官と加来艦長は、退艦する部下たちを訣別の「帽振れ」で見送った。首席参謀の

伊藤清六中佐が、

「何かお別れにいただけるものはありませんか」

と声をかけると、山口司令官は黙ったまま戦闘帽を伊藤首席参謀に手渡した。そして部下たちに背をむけると、艦橋へのラッタルを上がっていった。これが乗員たちが見た山口司令官と加来艦長の最後の姿であった。

南雲長官は駆逐艦「谷風」に残留乗員の収容と「飛龍」の雷撃処分を命じた。「谷風」には七百名ほどが収容されたあと、「飛龍」処分のため駆逐艦「巻雲」により一本の九三式六十一センチ魚雷が発射された。六月六日〇二：一〇のことである。だが「飛龍」はすぐには沈まなかった。艦影が海面から消えたのは、〇五：三〇であった。

ミッドウェー海戦で日本海軍が失ったのは空母「赤城」「加賀」「蒼龍」「飛龍」の四隻と重巡「三隈」で、さらに航空機三百二十二機、戦死者三千余名が失われた。

だが、これで終わったわけではない。もう一つの悲劇がはじまっていたのだ。

見捨てられた機関科員

機関科の萬代久男元少尉（海軍機関学校五十期）は、機関科員の脱出時をつぎのように語った。

「艦全体が浮き上がるような衝撃を受けると各機関室から非常ブザーが鳴り響き、艦内の常備灯が消えて真っ暗になりました。この異常事態に機関室から脱出しなければならないと思いまして、屈強な者十数人を選び前部機械室と缶室後部の間にある上部通路の隔壁をタガネと大ハンマーで穴を開けさせました。人ひとりが抜けられるほどでしたが脱出口ができたので、この作業にあたった者と消火作業を行なった者に脱出を促し、第八缶室と左舷前部機械室の者に『大至急上がれ』と命じました。

そして、左舷前部機械操縦室におられる相宗邦造機関長と梶島機械分隊長に状況報告をしてラッタルをのぼりました。ところが山野機械長と数名の下士官兵はもう動けない状態で、『私たちに構わずに行って下さい』といいまして、われわれも彼らを助けるほどの余裕はありませんでした。

脱出破孔から格納庫へやっとの思いで這い出し、焼けただれた航空機の残骸や黒こげとなっている乗員の姿を見まして、前夜、連続して起こった爆発音が甦ってくる思いでした。戦死者に対して黙礼をする以外になすべきこともなく、そのままラッタルを上がって飛行甲板にでました」

総員退艦後の空母「飛龍」。海戦翌朝、「鳳翔」索敵機が撮影。この時、機関科乗員たちは艦底から必死の脱出を計っていた

そこで萬代少尉が見たものは、焼けただれた艦橋、吹き飛ばされた一番エレベーター、米空母機が投下した爆弾によって穴が開いた飛行甲板、そして見渡す限りの大海原に、味方の艦艇は一隻もなかったのだ。さらに萬代少尉を驚かせたのは「飛龍」のマストに翻っているはずの軍艦旗も将旗もなくなっていたことである。この状況を見て、はじめて萬代少尉はすべての事態が呑み込めた。

同じ艦の乗員でありながら、駆逐艦に救助された者と、艦底の機関室にいたため、見捨てられた乗員がいたのだ。何故こういうことになってしまったのか。そこには初歩的なミスがあった。六月五日の夜、機関参謀との艦内電話を最後に、機関科指揮所と戦闘艦橋との艦内電話連絡が不通になってしまったのである。電話が通じなかっただけで機関科へ誰も確かめにいかず、加来艦長は、機関科の総員が戦死したものと判断して、乗員の「総員退去」を命じたあと、駆逐艦による「飛龍」の魚雷処分を決意したのであった。

そのことは公式文書である「飛龍」の『戦闘詳報』には「五日二三二〇　機関科指揮所総員戦死ト判断ス」と記されている。ミッドウェー海戦後、海軍省は「飛龍」の機関科全員が戦死したものとして、遺族に伝えられた。萬代少尉の実家のある宮崎県都城市の役所にも戦死公報が届いた。萬代少尉は一階級特進して中尉になっていた。萬代家では遺骨はなかったが葬式もとり行なわれ、法名は「殉彰院釋忠正」行年二十二歳となっていた。その後、新墓も建てられた。

戦後のことであるが、萬代少尉のアルバムには、少尉に任官した時に撮影された写真を〝遺影〟としてご両親や親戚が一堂に会している写真が残されている。

萬代久男少尉は、大正十年二月二十五日、父末八、母スエケサの五男として、宮崎県北諸《きたもろ》県《かた》郡庄内村に生まれた。四人の兄、三人の姉の末っ子であった。

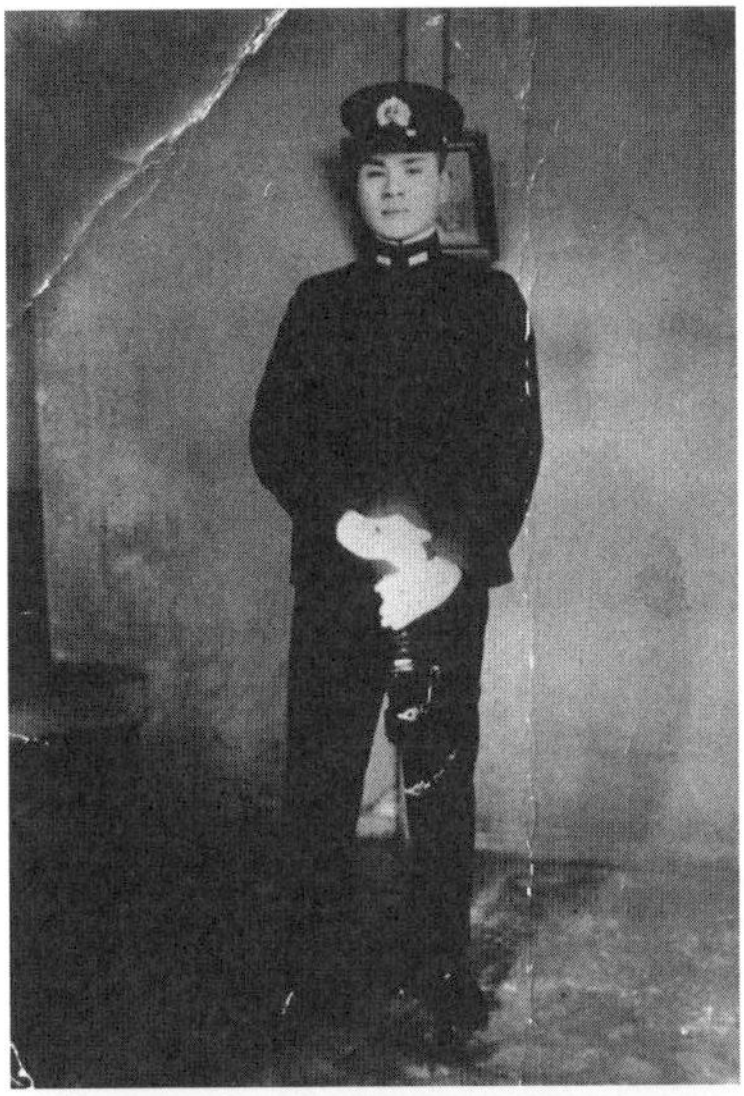

〈左〉昭和16年、海軍機関少尉に任官した萬代久男さん
〈下〉萬代少尉の「遺影」を囲んで写真に収まる家族・親族

昭和二年四月、小学校に入学すると自宅から片道四キロの道のりを徒歩で通学した。その後、六年間一度も休むことなく、卒業時には皆勤賞をもらっている。昭和八年四月、県立都城中学に入学した。父末八は町会議員を勤めており、子供たちの教育には人一倍熱心であった。それと、久男少年が海軍将校となる日を夢見て中学に進学させたのだ。しかし、久男少年は、海軍少年航空兵になることへのあわい望みを捨ててはいなかった。中学四年になると、いよいよ自分の進路を選択しなければならなくなった。

そこでまず第一志望として海軍兵学校を受験したが、不合格であった。次に、官費で勉強ができる海軍機関学校を選び、昭和十二年八月、京都府舞鶴にある海軍機関学校を受験、合格することができた。

昭和十六年三月に一年繰り上げで機関学校を卒業すると、萬代久男少尉候補生は四月二十一日付で空母「飛龍」の乗り組みを命じられた。その後、十一月一日付でついに機関少尉に任官、それから一ヵ月後に真珠湾攻撃を体験し、半年後にはこのミッドウェー海戦参加となったのだ。

漂流始まる

「飛龍」はまだ浮いていたが、遅かれ早かれ沈むことは間違いなかった。その前にカッターに移乗して友軍の救助を待つことにした萬代少尉は「機関科の総員退去」を相宗機関長に具申し「総員、後甲板に集合」と下令した。やがて後部短艇甲板には百名ちかい機関科員が集まった。これではカッター一隻では収容しきれない。そこで甲板中央にあった一隻の機動艇（ランチ）を海におろした。

この作業を指揮していた梶島分隊長が大声で怒鳴った。

「総員海に飛び込め。カッターは急いで離れろ」

萬代少尉は後部短艇甲板から海にむかってダイブした。体は数メートルほど海中に沈んだ。必死にもがいて水面に顔を出して「飛龍」の方に目をやると、艦尾は天に冲するように立ち、巨大な二基のスクリューが目に焼き付いた。早くこの場から離れなければと思い、泳いだ。しばらくして大爆発音が起こり、「飛龍」はその巨体を海中に没した。

その後も泳いでいると百メートルほど先にカッターが浮いていた。すでに数十人が乗り込んでおり、梶島分隊長が救助作業の指揮をとっていた。萬代少尉はカッターにつかまり這い上がった。すると相宗機関長も艇にたどり着きカッターに収容された。

カッターには、ビールや缶詰、砂糖、毛布などが積み込まれていた。救助艦が来てくれるまで食いつなぐ食料などが必要だったのである。幸いなことに短艇甲板の下は糧食庫、被服庫があったので、そこから持ち出したのだ。

波間を漂っていた全員を収容すると総勢三十九人であった。ということは機関室から脱出した者のうち六十名ほどが「飛龍」と運命を共にしたことになる。が、感傷にひたっている暇はなかった。

とそのとき、萬代少尉はカッターの艇尾旗竿に真新しい軍艦旗が翻っていることに気づいた。誰がやったか知らないが、よくぞ気を利かして軍艦旗を持ち込んだものだと喜び、これで再び軍艦旗の下で死ねると思った。

萬代少尉はその心模様をつぎのように語る。

「われわれの一縷《いちる》の望みは、味方の救助艦が早く来てくれることでした。全員が狭いカッターの中で三百六十度目を皿のようにして水平線を見ましたが、どこにもそれらしきものは見あたりませんでした。大海原に漂う木の葉のようなものでした。

いずれにしても、われわれが味方救助艦に発見され救助される確率はほとんどないに等しいものでした。そうしたとき梶島分隊長の発案で、自力でマーシャル群島のいずれかの島にたどり着こうということになりまして、一応二十日間の漂流を予定しました。

とりあえず食糧は少しでありましたが、航空熱量食、肉の缶詰、白砂糖、乾パン、飲料類はビール二ダース入り三箱でした。これで一日二食として一食ひとりあたり乾パン一個と熱量食一粒、缶詰肉一片親指大で、ビールは全員で一回に二本ずつとしました。ビールはひとり一回三十二ccですが、これは口を湿す程度だけのものでした」

いったいどこにたどりつけるのか、当てのない漂流生活も初日は、味方艦の姿も見ることもなく暮れようとしていた。言葉にこそ出さないが、全員が失望の色を濃くしていた。そこで当直割が決められた。カッターの指揮には梶島分隊長、機関長付の萬代少尉、機械長の長山兵曹長の三人が交互にあたることになり、艇長は三人の下士官で三交代制となった。漕手は六人で、見張り二名は交替であたることになった。

漂流二日目の夜が明けると、霧雨が降っていた。カッターには飲める水は最初から積んでいなかったので、三十九人全員が喉の渇きをおぼえていた。この霧雨を手にすくって、唇を湿らせた。そのうち霧雨は小雨になった。この雨滴を飲料水にしようと、缶詰の空きカンやビール瓶に詰め込んだ。

萬代少尉は帆走することを考えた。オール二本を支柱にして毛布を帆に仕立てたのだ。これに残り四本のオールで漕ぐのだが、進む速度は遅々たるものであった。しかもどの方角にむかっているのかさえわからなかった。

普通ならばカッターには磁気羅針儀、水樽、帆布修理要具、木工要具などが常備品として搭載されているのだが、総員退艦のあとこのカッターは転覆していたので、その時に流失してしまったのではないだろうか。

耐えられない喉の渇き

「漂流三日目には早くも乾パンを食べつくしてしまい、五日目には航空熱量食も底をつきまして、コンビーフ缶詰の配分が親指大一個ではなんの気休めにもならなかったですね。そうなると、空腹感をまぎらすためか、かつて食べたご馳走が話題の中心となるんですよ。しかし、それ以上に耐え難かったのは喉の渇きでしたね。

ついに背に腹は代えられず、海水を飲んでみました。するとその翌日、海水を飲んだ者全員が物凄い喉の痛みを訴えまして、海水は二度と飲むものではないことを知りましたよ。

六日目の夕方でした。暗雲が空を覆い、夜になって、どしゃぶりとなりました。カッターは水船となり、まさに旱天の慈雨で、手ですくって飲むのももどかしく、馬飲みする者もいました。ほんとうに、水を飲んで生き返るとはこのことをいうんでしょうね。

このころから一人、二人と幻覚に襲われる者が出はじめました。『島が見えます！』とか『椰子の木が見えます！』というとほんとうに椰子の木が見えたりしましてね。さぁ、全力で漕いで、早く島にたどり着こうと、一本のオールに三人ずつがついて頑張りましたが、しばらくすると島も椰子の木もどこにもなく、ただ大海原がひろがっているだけでした。

太陽が昇ってきますと、暑さは耐えられないくらいになり、喉の渇きはさらにひどくなりまして、水が欲しい、水が欲しいと思ってもこの海原ではどうしようもなかったんです。ところが、ある下士官が自分の小便をビールの空ビンに放尿して、それを海水で冷やして飲んでみると、海水を飲むよりずっとましだという結論を出しまして、みんなが試しました。私はその勇気がなかったのか、まだ体力に自信があったのでしょう。私自身が自分の小便を飲んだことはありませんでした。

十日目。工藤一等機関兵が息をひきとりました。真名子兵曹が遺髪を採り、遺体は毛布に包んで水葬にしましたが、それが明日はわが身にふりかかる運命かも知れないのに、そのことをほとんど意識しなかったのは、不思議というほかなかったことでした」

そう語る萬代元少尉の目には涙が光っていた。

六月十五日に死亡した工藤一等機関兵の後を追うかのように十七日には前田三等機関兵が、十八日には木下一等機関兵、十九日には吉永一等機関兵がそれぞれ息を引きとった。いずれも遺体を包む毛布がないため、着用している作業服のまま水葬にしなければならなかったのは痛恨のきわみであったという。

このころ、はるか沖合上空に航空機らしき機影を視認した。

「それからは毎日、一度か二度見かけるようになりまして、おそらくウェーク島から飛来した味方哨戒機だろうと判断しまして、みんなの希望がふくらみました。ところが、われわれのカッターを視認できないのか、なかなか近づいてこないんです。『偵察員は何をやっているんだ』と怒鳴る者もでてきました」

敵艦に救助される

漂流十四日目の正午ごろ、例の哨戒機が三機でやってきました。雲が低いので低空を飛んでいるんです。機影はだんだん近づいてきました。今日は発見されるに違いないと思い総員が喜びあいながら見守っていますと、一機がわれわれの方にむかってきました。よし、もう大丈夫だと判断して、みんなが上衣を脱いで打ち振りながら歓声をあげました。機体はさらに大きくなってきた。これで助かる、何という幸運なことだと思いましたね。

ところが、接近してきた機体の翼下面には鮮やかな星のマークが描かれていました。その瞬間、頭をハンマーで殴られたようなショックを受けましたね。

敵哨戒機に見つかってしまった以上、何をしてもムダかも知れませんが、ただちに軍艦旗を降ろして、服を着用させました。いずれにしろつぎに機銃掃射を浴びせてくるに違いないと思いまして、みんなは姿勢を正して日本海軍の軍人として死のうではないかと、覚悟を促しました」

敵機はコンソリデーテッドＰＢＹカタリナ飛行艇であった。大きく旋回しながらカッターの上空から武装しているかどうか様子を探っているようであった。ＰＢＹは高度をさらに下げてきた。いよいよ機銃掃射がはじまるのだろうかと、カッターの全員が思った。

この後のことは萬代久男少尉の手記から引用する。

《われわれを発見した一機だけが、日没近くまで残って旋回しつづけた。ミッドウェーを基地とする哨戒機に違いない。

そうであれば、われわれの今までの漂流はいかほども離脱できなかったと思われる。もともと飛龍の沈没位置さえ私たちは知るよしもなく、ただ漠然とミッドウェーの北西方面と見当をつけただけなのであるから、何とも判断に苦しむところである。

しかし、幸い、いまは西南西へ順風満帆である。一晩のうち七、八海里は走れそうだ。現在の位置が敵の哨戒圏ギリギリだとすれば、離脱できるかも知れない。しかし万一に備え艇内の板を集めて筏《いかだ》を組み、元気な者数名を分派し、日本列島に漂着する天運に賭ける一案を私は提案した。

体験した貴重な戦訓をその筏に託したい、と思った。しかし、事ここに至っては、生きるも死ぬも皆一緒に行動しよう、という総意がまとまった。

いまや生死の関頭に臨んで緊張感はひとしおである。つい先刻まで苦痛を訴え喚《わめ》いていた数名も、じっと歯を食いしばり耐え忍んでいる。

翌十五日目、黎明とともにＰＢＹが五、六機哨戒飛行を展開し、ほどなく発見される。やがて敵水上艦がやってくるに違いない。

残りのビール数本をすべて栓を抜き、生死を共にする誓いの盃とする。哨戒機は一機だけ残って旋回をつづけている。水上艦を誘導しているのであろう。

昼ごろ、敵水上艦一隻が現われ、刻一刻近づいてくる。見ると四本煙突の旧式駆逐艦である。千トン未満、乗員百名そこそこと判断した。われわれは三十五名である。

夜陰に敵の虚を突けば、分捕ることも不可能ではあるまい。私の頭にとっさにそう閃いた。

機関長も分隊長もうなずかれたので、さっそく三個班の編成をつくり、それぞれ前部砲台、中部艦橋、後部砲台を襲撃目標として任務分担を与えた。

これから乗り込んでいって夜を待ち、一斉に蜂起して武装兵を襲って奪取し、一路日本に向けて航行させる、という計画である。いま考えると、荒唐無稽なことであるが、その時は真剣であり、可能であると思い込んだ。そして意気揚々と内地に帰投する光景を頭に描いた。

敵艦が徐々に接近して来る。まず、軍艦旗を処分する。カッター吊り上げ用チェーンを錘にして海底に沈めた。そのほかには何ひとつ敵手に渡して都合の悪い物はない。四人の亡き戦友の遺髪は、手帳を切り取った紙に個別に包んで、それぞれ名前を書き込んで私のポケットに入れてある。手帳は昨夜海中に捨てた。

敵艦は五十メートル近くの風上に停止したので、毛布の帆を片づけてオール六本で漕いで舷側に横づける。うねりも波もそう大きくないが、小艦とカッターという小さいもの同士なので、接舷しようとすると相互の動揺の差が結構大きくなる。

いざ乗り移ろうというとき、はじめてわが身の衰弱が激しいことを実感した。いままではほとんど座っていたので気がつかなかったが、立って艇首まで歩こうとしてもまともに歩けず、舷に手をついて這うように動くのが精いっぱいである。

若手の私でさえそうなのだ。乗り込むどころではなく、敵兵三人にひとりひとり引っ張り上げられることになってしまった。

武智三等機関兵が海中に転落して艦尾まで流され、あわやスクリューに巻き込まれそうになったが、投げられたロープに摑まって救い上げられた。前歯二、三本が折れて顔面血まみれである。

敵兵はわれわれの疲労困憊ぶりに同情したのであろう。親切に取り扱い、ひとりひとり肩車で支えて中甲板に連れて行く。情けないことながら、揺れる甲板の上をまともに歩けるものは少ないのである。

全員引き上げられたあと、カッターは敵艦に吊り上げられてしまった。横付けする前に、カッターの底栓を抜いて水浸しになるように処置したのであるが、木造であるから絶対に沈まないのだから、悔しいけれども致し方ない。

分隊長がまず水を要求し、さっそく大きなアルミの丸缶いっぱいの水を運んでくれたので、皆飛びつくようにして飲む。そのおいしさ！　やっと人心地つく思いである。十五日ぶりのまともな水、地獄に仏とはこういうことを言うのであろう。

ついで、大きな同じようなアルミ缶にコンビーフのスープを運んできてくれた。ほどよい加減の温度である。航行中に準備していてくれたものであろう。一度にたくさん食べすぎると胃腸によくないから注意するように、という意味のことを敵の士官が言った。私たちにとって今夜が大事なので、私は、

「しっかり食べて、夕方までに体力を付けるんだぞ！」

と指示した。飢えにまずいものなし。食べ馴れない味ではあるが、とにかく喉を鳴らして食べる。水もスープもたちまち空になってしまった。

そのあと、艦長か副長であろう、ひとりの年配の士官が相宗機関長に挨拶に来た。機関長は英会話にかなり通じておられたようである。米士官はつぎのように伝達された。

「本艦の艦長あてにルーズベルト大統領から、『このたびの日本人捕虜をとくに大事に取り扱うよう配慮せよ』という至急電報があった。艦長は大統領のこの特別命令に忠実に従うから、どうぞ、安心してもらいたい」と。

私は捕虜になったつもりでなく、この艦を奪取するために乗り込んだ意気込みをまだ棄てではいなかったので、艦長の言葉を馬耳東風に聞き流し、せせら笑いたいくらいであった。所属と階級氏名を告げるよう要求された。みな偽名を使いたいと思ったが、三十五名という多勢なので、馬脚を出す惧れのあることを懸念し、本名をなのるよう申しあわせた。「飛龍」の艦名も今さら隠すほどのこともあるまい、と思ったので告げた。軍事上の秘密に属することは一切口にしないよう厳重に示達したことは言うまでもない。

ボイラー室上部の露天甲板に集められた。天幕の下であるが、ボイラーの熱気が甲板に伝わるので熱い。副長が来て、われわれ士官にはシャワーを使わせてくれた。このような小型艦では水の保有量はきわめて少ないので、下士官兵まで全員にシャワーの余裕がないことは、十分察せられることなので、下士官兵には申し訳ないが我慢してもらうことにした。

シャワーに行くとき、すでにかなり元気回復し、足がふらつくこともなかったので安心し、ひたすら夜になるのを待った。ところが、日没前になって艦長がわれわれの所に来て丁寧な言葉で、

「大変失礼であるが、下士官兵のなかで誤って海に飛び込んで自殺を図るような人がいると、私は大統領命令に背《そむ》くことになって困るので、その防止のため二人ずつ手錠で繋ぐことを許して欲しい」

　と機関長に申し込んできた。分隊長、私、機械長も入れて四人で鳩首協議した。艦長のあまりにも紳士的な態度にたいして、

漂流の後、米水上機母艦「バラード」（駆逐艦改造）に救助
され甲板に座り込む「飛龍」の乗員〔米公文書館、下も〕

「バラード」のボートダビットに吊り上げられた「飛龍」
のカッター。乗っていた39名のうち４名が漂流中に死亡

無下に拒否することもはばかられるし、また、拒否することによって夜間の監視を倍加されては、結局、襲撃のチャンスは失われる。さらに、まだ体力回復はおよばず襲撃成功が覚束ないのではないか、という結論に達した。

そこで、下士官兵にその旨説明し、よく納得させて、いまは隠忍自重して全員がともに死処を得る機会を待つことにして、涙を呑んだ。

ここに敵艦奪取の夢やぶれ、せっかく第二カッターに復活した飛龍軍艦旗も命運が尽きた。この日、昭和十七年六月二十日こそ、飛龍の事実上の命日と言うべきであろう。》

（萬代久男「死線を越えて　空母飛龍機関長附の生きざま」／『丸別冊・太平洋戦争証言シリーズ16』所収）

ここに「飛龍」機関科三十五名は、虜囚の身となったのである。このときのことを萬代さんはこう語る。

「これからのわれわれの生きる目標はただ一つで、死処を得ることにありました。私は、かつて学んだ海軍機関学校の大講堂に掲げてあった杉政人海軍中将の書の『死易處死難矣』を思い出しましたね。これはどういう意味かといいますと〝死ぬことはやさしいが、死ぬ機会を見つけることは難しい〟といった意味です。そこで、いかなる時にどのような機会を得て死を選ぶかについて考えましてね。自分ひとりではなく、機関長の統率の下に全員がともに日本海軍軍人として、恥ずかしくない死に方を求めなければならない、という理念だけはしっかり腹にすえておこうと思いました」

ミッドウェー環礁サンド島に上陸

三十五名の日本海軍将兵を乗せた米艦は太平洋を切り裂いて航行する。やがて夕陽が水平線の彼方に沈み、日が暮れた。萬代少尉は、いつしか深い眠りに引き込まれていった。

翌朝目が覚めてみると、誰ひとり気がつかないうちに、畑田二等機関兵が息絶えていた。米海軍の乗員がこの遺体を丁重に柩におさめ、米国の国旗である星条旗につつんで水葬にしてくれた。このとき、残り三十四名の日本人は黙禱を捧げた。

水葬が終わったあと一時間余りで、艦はミッドウェー環礁サンド島の桟橋に接岸した。そこには米海兵隊のトラックが待機していた。トラックに乗せられサンド島内を走行する。サンド島は約四・八平方キロの面積をもつ小さな島である。左手にＰＢＹ飛行艇の格納庫、右手に日本軍の攻撃で焼け溶けた燃料タンクが見られた。兵舎近くでトラックは停止し、三十四名はここで降ろされた。

一列縦隊に並ばされ、その間隔は約三メートルほどで、その間に完全武装した海兵隊員がひとりずつ入るという物々しい警戒の中、兵舎に向かうことになった。

このとき萬代少尉は、このまま処刑されることになるかも知れないと思った。それにしては三十四名の姿は、膝はくの字に曲がり、腰は前屈みで、みっともない。そこで自分自身にも気合いを入れるつもりで、「みっともない。最後かも知れんぞ、胸を張って堂々と歩け！」と大声で怒鳴った。

しかし、連行されていった所は処刑場ではなく、重営倉であった。そこに入る前に、廊下で漂流以来着用していた衣服を脱がされ、米軍の新しい下着、作業衣、洗面用具などが支給された。営倉は頑丈な鉄格子が張りめぐらしてあるものの、シャワー室やトイレもある明るい大部屋であった。

ミッドウェー環礁サンド島での一夜が明けた昼過ぎに、オアフ島から情報士官二名がやってきて尋問がはじまった。萬代少尉を調べたのはハドソン少佐で、戦前は駐日大使館付武官補佐官の経歴を持つ男であった。彼は三十四名の苦労をねぎらい、何か要望はないかと萬代少尉に聞いた。すると萬代少尉は「ただちに殺してくれ」と言った。するとハドソン少佐は、「お気持はよくわかりますが、アメリカでは捕虜は絶対に殺しません。とくにあなた方に対しては、ルーズベルト大統領から大事に取り扱えという電報指示が来ております。どうか短気を起こさないように、命を大事にして下さい」

と答えた。

ハドソン少佐は言葉を継いで、日本海軍の機動部隊の編成や洋上補給の要領といったことなどを質問してきた。萬代少尉は、私は任官して「飛龍」に乗ったばかりの新兵なのでそんなことは知らないと言った。

ハワイから米本土へ移送される

二、三日の尋問が終わったところで、ハワイ・オアフ島に移送されることになった。二隻の輸送船がサンド島の桟橋に接岸し、それに分乗することになった。梶島分隊長と下士官兵三十名が大型貨物船に、相宗機関長は護衛駆逐艦に、萬代少尉と長山機械長は小型貨物船に乗り込んだ。この輸送船団の護衛にあったのは駆逐艦一隻と魚雷艇三、四隻であった。

小型貨物船でオアフ島をめざす萬代少尉と長山兵曹長には、士官公室（サロン）に接した二段ベッドの部屋が提供された。が舷窓は溶接され、ドアは施錠されており、通風筒は自然通風だけなので、ハワイが近づくにつれ猛暑に閉口したと萬代少尉は語る。

約一週間ほどしてオアフ島に着いた。ところが萬代少尉らは上陸する際目隠しをされていたので、到着したところがパールハーバーかホノルルなのかはわからなかっ

ミッドウェー環礁サンド島の桟橋に上陸した「飛龍」乗員。米艦上で死亡した１名を除く34名が捕虜として収容された

た。その後、トラックに分乗して海兵隊基地に連れて行かれた。

「そこには開戦後に急造されたと思われる木造平屋の兵舎が建っており、一棟は住居と洗面所があり、もう一棟はトイレ用で、これを有刺鉄線で囲われた一角に収容されました。ヒッカム飛行場に近い所だと思いますが、そこからパールハーバーは見えませんでしたが、ホノルル港はよく見えました。

カレンダーがないのではっきりした到着の日時はわかりませんが、六月三十日か七月一日くらいではなかったかと思います。食事は海兵隊員と同じものだと思いますが、われわれにとって過ぎるものでした。食事時にはよく冷えたレモン水かオレンジジュースが飲み放題だったのには驚きでしたね」

と萬代少尉は語る。さらに次のようなことを話してくれた。

「九月上旬のある日、スイスの国際赤十字社の社員のひとりが、われわれの所にやってきまして、姓名と階級を確認したいと言うのです。よい機会なので、私たちのことは絶対に日本に知らせないで欲しいと懇願しました。ところが、ジュネーブ条約では、赤十字社に捕虜を本国政府に通知することが義務づけられているとかいうのです。

九月中旬、在留邦人とわれわれは、大型客船でサンフランシスコに移送されることになりまして、私たち士官四名は上甲板の二等客室と思われる二人部屋が与えられました。約一週間ほどの航海だったと思うんですが、サンフランシスコに到着しました。オークランドで下船し、そこからフェリーでエンジェル・アイランドに送られました。そこは捕虜や抑留邦人の収容所でした」

萬代少尉らはエンジェル・アイランドで約一ヵ月の収容所生活を送ったあと、米本土へ移されることになった。行く先はニューメキシコ州のローズバーグ収容所というが、そんな地名を知るはずもなかった。オークランド駅に集合させられ、サウザン・パシフィック鉄道の列車に乗せられた。ロサンゼルスを経由して約五日間の旅であった。テキサス州とメキシコの国境のリオグランデ川北岸にあるエルパソに近い所で、兵舎が何十棟も建っており、約十メートルくらいの高さの監視塔が八ヵ所あった。

ここには強制収容された邦人が一千人ぐらい収容されていた。萬代少尉らは、途中で合流した軍人ら四十一人と、在留邦人四十人が加わって収容所のゲートをくぐった。

収容所に揚がった日の丸

ここで一つの事件が起こった。

一九四二（昭和十七）年十一月三日の明治節（明治天皇の誕生日、現在の文化の日）をアメリカ本土の収容所で迎えた萬代少尉は、敵地ではあるがせめて皇居遙拝式は立派にやりたいと思った。そのためにはまず日の丸の国旗を掲揚することである。邦人の有志者が前夜、立派な日の丸の国旗を作製した。

「当日の朝六時に総員起床しまして、薄暗い夜明けの中で、国歌の『君が代』を歌いながら国旗を掲揚しまして、次に皇居遙拝を行ないました。アメリカ本土の一角に日の丸の旗が翻っている姿は、胸が熱くなり大いに感動しましたね。

ところが、夜が明けてこれを知った米軍はびっくり仰天し、あわてて当直将校が駆け込んできまして、日の丸をすぐ降ろせ、といってきました。しかし、われわれは断固としてこれを拒否したんです。降ろせ、降ろさないの押し問答となりましたが、数に勝てないと思ったのか、当直将校はいったん引き下がり、番兵数名を引き連れて再びやってきました。しばし対峙しましたが、こちらは多勢いましたので、分が悪いと思ったのか当直将校らは姿を消しました。

その後に姿を現わしたのはローズバーグ収容所長でした。彼はわれわれとの直接交渉をやめて、邦人の責任者の川部氏に対してこう申し入れをしました。

『戦時には、国旗を掲揚する場所はその国の領有を示す。収容所の中に日本の国旗を認めることは、すなわち日本に占領されたことになる。それでは所長の立場はなくなるし、これ以上長引くと重大な事態となる。どうか理解して欲しい』

これに対して川部責任者は、

『短時間とはいえ、あなた方は米本土の一角を占領したのだから、気が晴れたでしょう。そろそろ収容所長の言い分を聴き入れてはどうですか』

といわれまして、すぐに日の丸を降下、その場で焼却しました。これでまずは事なきを得たのですが、この一件のすべては私の若気の至りで、ほとんど独断専行して実行したものでした。

今考えてみますと、日本海軍士官の非常識としてヒンシュクを買う話でして、相宗機関長、梶島分隊長の面目をつぶすところでした」と萬代元少尉は述懐する。

この一件はローズバーグ収容所にとっては大きな衝撃であった。入所して一週間後の十一月十日、邦人たちはそのままで、萬代少尉ら軍人だけが、危険分子として移送されることになった。鉄道輸送だが、この移送に何日かかったか萬代少尉は記憶にないという。ただ下車した駅はシュリープポートであった。そこからトラック輸送で三十分ほどのところに、ルイジアナ州リビングストン収容所はあった。ここにも邦人が収容されていたが、ローズバーグ収容所の件があったので、萬代少尉ら軍人と邦人捕虜との交流は制限された。

この収容所に新しく海軍士官一人が入所してきた。真珠湾攻撃の際、特殊潜航艇で水中から米艦を攻撃しようと、真珠湾の湾口まで潜入したものの、逆に駆逐艦「ヘルム」に発見され、攻撃を受けて米軍側に捕らえられ、太平洋戦争における捕虜第一号となった酒巻和男少尉である。

ここではこれまでの収容所とは違って新しい体制が採り入れられた。准士官以上の六名に対して一棟を与え、下士官兵を一～四班に分けて、それぞれ一棟ずつが与えられた。完全な自治体制がとられ、萬代少尉が甲板士官という形で内部の統制と渉外にあたることになった。

昼間はスポーツをやることによって体力づくりと精神的ストレスから解放されることに重点を置き、夜や雨天のときにはトランプをやったり、花札、将棋といった娯楽に時間を費やし、悩みごとにふけることがないよう萬代少尉は皆で注意し合うことにした。こうして生活もようやく馴れてきた。新聞も毎日支給され、アメリカ側のニュースではあるが知ることができた。

しかし、米軍報道は検閲体制が敷かれており、一九四一（昭和十六）年十二月八日のパールハーバー攻撃で被害を受けた米国側の真相が写真入りで公表されたのは一年後の十二月七日のことであった。この記事を読んで萬代少尉は快哉を叫び、一ページ大の燃えさかる戦艦群、その他の写真を棟入口の事務室壁に貼り付けた。このことに対して米軍側から何のお咎めもなく、昭和十七年は暮れていった。

山口司令官の最期を知る

昭和十八年元旦。萬代少尉らは外国で初めての新年を迎えた。皇居遙拝式を行ない、昼の祝宴、演芸会など正月気分らしくなった。少しばかりのワインで乾杯し、総員が各棟へ引き揚げていった。

ところがそこへ突然、完全武装した約一個中隊の米兵が乱入してきて各棟を包囲した。そして相宗機関長、梶島分隊長、萬代少尉ら十六名を呼び出した。この十六名は数ブロック離れた棟に隔離されたあと、トラックに押し込まれてシュリープポート駅へむかい列車にムリヤリ乗せられた

「この卑劣きわまる不意打ちに腹が立ちまして、私は何としても納得がいかないので、消極的な戦いですが、約一週間の列車移送中、一人ハンガー・ストライキを決行しました」

正義感の強い萬代元少尉はこう語る。

萬代少尉ら十六名を乗せた列車はひたすら西部をめざしていた。約一週間後にたどり着いたところは、サンフランシスコ湾東岸にあるカリフォルニア州オークランドであった。下車すると、そこに待機していた病院車に乗せられて一時間ほど走った。やがてクルマが止まって降ろされたところは丘陵草原の中に四階建て赤レンガづくりの一棟とそれに付属する平屋が二棟であった。ここはフォート・マクドネルであった。

日本海軍軍人十六名は一人ずつ連行され、萬代少尉と長山機械長が同室に入れられた。部屋は日本間でいうと八畳ほどで、ベッドが二個ある他は何もなかった。入口は二重ドアになっており、その中間にトイレットがあった。そのため、トイレを使うときには、そのたびに番兵を呼んで錠を開けてもらうことになる。

この収容所はこれまでと違って、天井に近い所に小さな窓があり、頑丈な鉄格子がついていた。ここは収容所というよりもジェルハウス（監獄）だったのではないか。食事も劣悪そ

のもので、水で洗った少量の米飯と生人参二切れということもあった。さらに監視がきびしく、紐やベルト、刃物は安全カミソリまで取り上げられた。そのため、ヒゲを剃りたいという時には番兵を呼んで彼らの監視下に剃ることが許されるのである。

収容されて三週間ぐらいたったころ、萬代少尉らは呼び出された。そして地下室の薄暗い部屋で尋問を受けた。萬代少尉は二回呼ばれた。

昭和十八年二月二十五日、番兵が萬代少尉の部屋をのぞき、

「さぁ、ここを出るんだ。バッグを片づけろ」

といった。

「やれやれ、この次はどうなるのだろうと思いながら表に出て行くと、懐かしい顔があちこちにありました。みんなの無事を喜び合いながら、階段を下りていきました。すると下の出口に相宗機関長の後ろ姿が見えましたのでああよかった、と安堵の気持でした。しかし、すぐに駆け寄って、どうされたんですか、と聞きましたら『いや、何でもないよ、君たちが無事でよかった』とおっしゃったんです。

よく見ると右頸動脈あたりと左手首に巻いた包帯に血が滲んでいるのが見えました。私はこれで事情がすべて呑み込めました。機関長は部下の身を案ずるあまり、番兵の目を盗んで自決をはかられたものだと思います。私は機関長のお気持と無念さが痛いほどわかりました。今は一日も早く機関長に回復していただき、この監獄からルイジアナのリビングストン収容

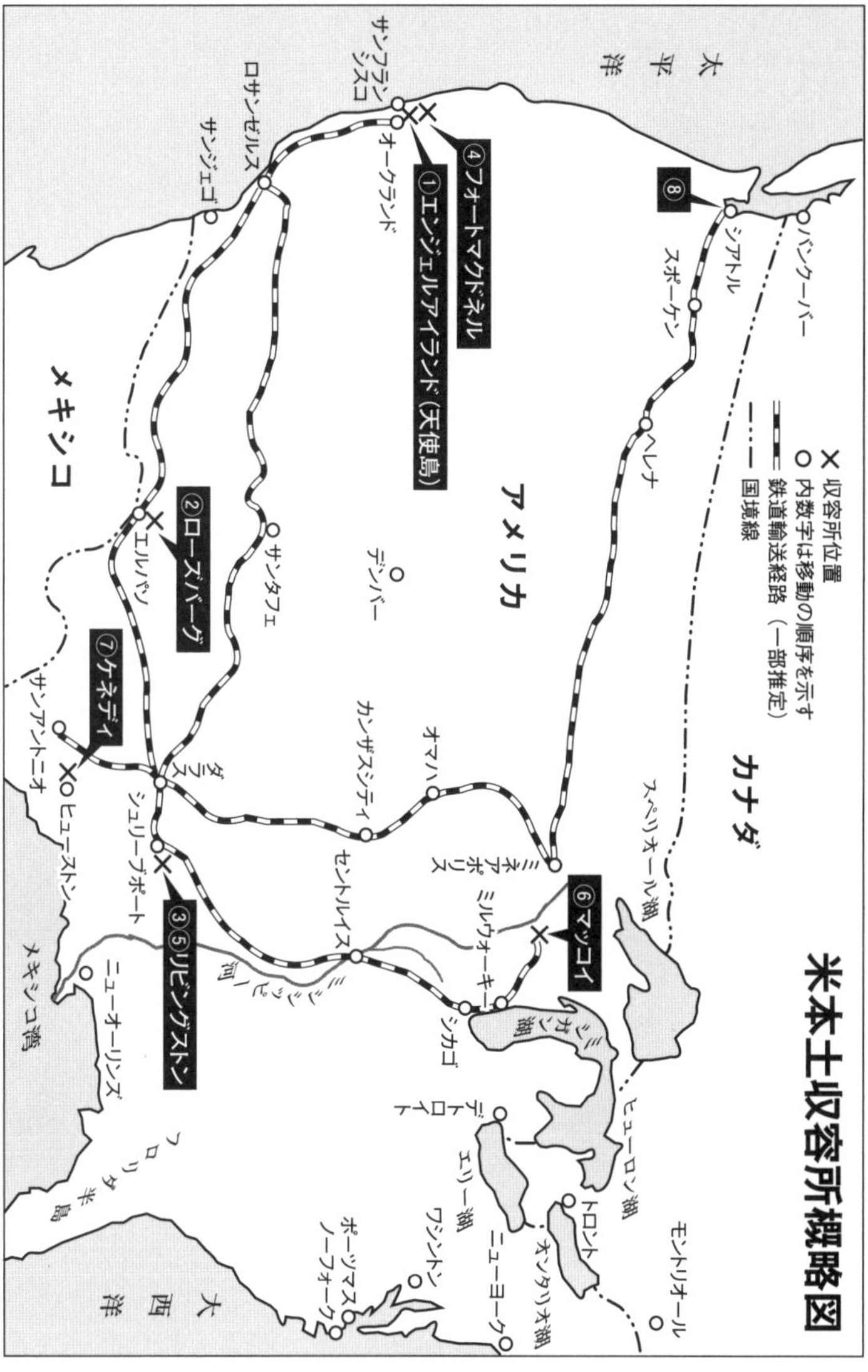
米本土収容所概略図
× 収容所位置
○ 内数字は移動の順序を示す
鉄道輸送経路（一部推定）
国境線
太平洋
大西洋
アメリカ
カナダ
メキシコ
メキシコ湾
サンフランシスコ
オークランド
ロサンゼルス
サンジェゴ
シアトル
スポーケン
バンクーバー
ヘレナ
サンタフェ
デンバー
エルパソ
サンアントニオ
ヒューストン
ダラス
シュリーブポート
ニューオーリンズ
カンザスシティ
オマハ
ミネアポリス
セントルイス
ミルウォーキー
シカゴ
デトロイト
トロント
モントリオール
ニューヨーク
ワシントン
ポーツマス
ノーフォーク
スペリオール湖
ミシガン湖
ヒューロン湖
エリー湖
オンタリオ湖
ミシシッピ河
フロリダ半島
①エンジェルアイランド（天使島）
②ローズバーグ
③⑤リビングストン
④フォートマクドネル
⑥マッコイ
⑦ケネディ
⑧

所に戻り、これからも指揮をとってもらわなければならない。それが機関長付としての私の責務であると思いました」

相宗機関長の願いが米軍側に届き、リビングストンに戻る日が来た。オークランドからエンジェル・アイランドに寄って、ふたたびオークランドに戻り、列車でリビングストンへむかった。

昭和十八年四月十八日、リビングストン収容所で配られた米紙のニュースで萬代少尉は驚くべきことを知らされた。山口多聞第二航空戦隊司令官と加来止男艦長が「飛龍」と運命を共にされていたのである。生き残った乗員と一緒に内地に帰還され、どこか新たな戦場で指揮をとっておられるものとばかり思っていたので、全く寝耳に水であった。両提督が艦に残っていることが、「飛龍」脱出時にわかっていたならば、われわれも喜んで殉じたのにと萬代少尉は悔やんだ。

米側との交渉

それから一ヵ月後の五月中旬ウィスコンシン州へ移された。もちろん列車移動である。着いたところはキャンプ・マッコイであった。収容所長はロジャース少佐と名乗り、実に紳士的な人物であった。彼は萬代少尉らに条理を尽くして、ジュネーブ条約捕虜条項にもとづく兵士の作業従事義務を果たすよう要望した。

要望された作業内容は、森林の下枝払いと農場作業であった。萬代少尉らは次のような条件を出した。

①軍事作業はもとより直接アメリカの国力に寄与する作業は一切除外すること。②アメリカ市民の目にふれない場所に限ること。③農場の収穫はすべてわれわれの食糧に供するものとし、規定の食糧配給を減らさないこと。

ロジャース所長はこの条件を承認したので一週間四十時間の作業に従事することになった。兵士たちはこの作業により時給十セント、週四ドルのクーポン券が与えられた。いっぽう、内務作業はすべて下士官が担当することになるものの、無給であった。そのため、不公平が生じる。それを是正するには、兵士たちの収入を適正に下士官たちにも還元されるようにして、一致団結を損なわないようにした。

昭和十八年の夏ごろからソロモン海域で捕虜になった海軍将兵やガダルカナルで捕虜となった陸軍将兵が、この収容所に入所してきて、年末には百五十人ほどになった。とくに軍隊の上下関係は階級社会である。同年兵でも捕虜になった時期によって階級差が生じてくる。たとえば萬代少尉は昭和十八年の夏には中尉に進級しているはずだが、捕虜となっているので、昇進の人事はない。

その階級差ゆえに些細なことで感情的対立が生じかねない。その対策に萬代少尉らは腐心したが、大きなトラブルに発展することはなかった。

昭和十九年の春ごろになると収容所もしだいに増えて三百名を超えた。この頭数に目をつけた米政府は「捕虜の役務強化」を指令してきた。その一つが、大雨で軍需品倉庫が雨洩れして野外テントの在庫品が被害を受けたので、それを天日干しにする作業をやってもらいたいとロジャース所長が頼みにきた。

萬代少尉は「これは明らかに軍事作業ではないか、約束違反も甚だしい」といって言下に拒否した。ロジャース所長は米政府と日本の捕虜との板ばさみになって困っていた。そこで、日本政府の利益代表であるスペイン領事に調停依頼手続きがとられた。

萬代少尉らは、スペイン領事に作業拒否の正当性を説明し、領事は納得して帰っていったが、出された調停案にワシントン政府は応じなかった。それどころか、またも理不尽な暴挙に出たのである。

ここでまた事件が起きた。

作業拒否する士官たちと下士官先任者を分断して、下士官先任者と交渉をはじめた。ところが下士官先任者は「士官が拒否したことを応諾することは絶対できない」と回答した。すると今度は下士官先任者と兵の先任者を分断して交渉するが、兵たちも受け入れることはしなかった。交渉は暗礁に乗りあげた。

翌朝、収容所の全員が起床したとき、小銃に着剣した完全武装の数個中隊の将兵が乱入してきた。洗顔中の者を背後から襲って負傷者も出た。このあと兵たちは整列させられて行軍を行ない、歩調が合わない者には剣で突いたり、殴打したりの暴挙におよんだ。これ以上ムダな抵抗をしても勝ち目がないことを知っている古参兵たちは「士官、下士官が分断されている現状では、これ以上の流血は得策でない。いまは自重して、他日復讐の機会を待とう」という結論に達し、ロジャース所長の要望を呑んだのである。

そのころ、萬代少尉ら准士官以上全員が、陸軍病院精神病棟に監禁され、下士官らはキャンプ内の重営倉に監禁されていたのだ。十九年の秋、准士官以上の者は監禁が解かれたが、兵士たちとは四キロ以上も離れた新しいキャンプに移され、サイパン、テニアン、グアムといった方面からの収容者が合流した。

昭和二十年春には、下士官全員が萬代少尉らがいるキャンプに移され、四百五十名の大所帯となった。六月にはテキサス州キャンプ・ケネディに移動することになった。

そこはテキサス州南部で、メキシコ湾に面したヒューストンから約八十キロほど内陸に入ったケネディ町の郊外にあった。

終戦、そして帰国

その日はとても暑い日であった。八月十五日の十一時（現地時間）、収容所内の日本人に対して「総員集合」が伝えられた。みんなが集まると、号令台に立った山賀守治海軍大佐が「日本は連合軍に対し、降伏した。決して軽挙妄動することなく、事態の成り行きを静観して祖国の復興に尽力できる日を待つように」と訓示した。それを聞いた萬代少尉にとってはまさに青天の霹靂であった。

「その時の私の心境は複雑というか、ただ茫然自失、しばらく思考が停止したのち、ふと我にかえると、こみあげる悔し涙をどうすることもできませんでした」

捕虜の身でありながら、アメリカ政府の不正義には敢然と立ち向かった九州男児、萬代久男少尉も、日本の敗戦という現実を突きつけられるとなす術がなかった。

昭和二十年十二月八日、萬代少尉らがいよいよキャンプ・ケネディを発つ日である。奇しくも四年前、南雲機動部隊がハワイのパールハーバーを攻撃したのと同じ日であった。列車に乗るとアメリカ大陸中央部を北上し、ノーザン・パシフィック鉄道を利用して、十二月十三日ワシントン州シアトル駅に降りたった。その足で港まで行き米海軍の輸送艦「モーマックレーン」に乗艦して、ピュージェット湾を出た。

年が明けて昭和二十一年一月四日未明、千葉県房総半島の最南端にある野島埼灯台が見えてきた。三年八ヵ月ぶりに見る故国の山々。懐かしさのあまり胸が震えた。その後、輸送艦は浦賀港外に投錨した。萬代少尉らは、浦賀桟橋から久里浜引揚者収容所までの坂道を軍人らしく隊伍を組んで歩いた。戦争は終わったんだ。これから平和で新しい日本づくりがはじまるのだろうか――期待と不安を抱きながらさらに坂道を登っていった。

「飛龍会」五十六年目の慰霊旅行

ミッドウェー海戦から五十六年目にあたる平成十年六月三日から九日まで「飛龍会」関係者による「ミッドウェー島慰霊・見学ツアー」が計画された。

慰霊ツアーの参加者は、萬代久男元少尉、森本権一元兵曹長、徳秀吉元兵曹長の三名が空母「飛龍」の乗員だった人である。他にミッドウェー海戦時、敵機動部隊へむかった第一次攻撃隊の総指揮官小林道雄大尉（当時二十六歳、戦死後少佐）の実妹である山本君江さん。

その小林大尉は、昭和十七年六月五日一〇：五七、九九式艦上爆撃機十八機とその直掩に当たる零戦六機をひきいて「飛龍」を発艦していった。進空の途中で二機の零戦が離脱して直掩機は四機となった。しばらくして第一次攻撃隊は米空母「ヨークタウン」を発見した。

ところが、来襲する日本攻撃隊を邀《よう》撃するため「ヨークタウン」のＦ４Ｆワイルドキャット戦闘機十二機が空高く上がっていた。やがて、敵味方入り乱れての空戦となった。「ヨークタウン」上空へ達する前に九九式艦上爆撃機十機と零戦一機が失われた。

戦力は半減したが、それでも九九式艦上爆撃機八機と零戦三機は果敢に「ヨークタウン」に迫った。が、攻撃隊を待ち受けていたのは炎のような対空砲火による集中砲火であった。この激しい対空射撃を受け、小林大尉を含む二機の九九式艦上爆撃機が吹き飛ばされ、未帰還となった。

もう一人。ミッドウェー海戦で夫を失った三上美都さん。夫は空母「加賀」の艦攻隊長三上良孝大尉（二十六歳）。九七式艦上攻撃機をひきいて海戦に参加、戦死した。まだ新婚さんだった。結婚して新婚生活の楽しさを味うことがないまま、真珠湾攻撃に参加、明けて六月のミッドウェー海戦で、ふたたび美都さんのもとに帰ってくることはなかった。さらに、ミッドウェー海戦を女性の目で捉えた『滄海《うみ》よ眠れ』の著者澤地久枝さん、一般のツアー客、それに日本テレビ、テレビ朝日のスタッフ、「丸」の記者として私も参加した。

六月五日はミッドウェー海戦が始まった日である。朝早く起きると外に出た。半袖のシャツではちょっと肌寒く感じられる。白い砂を踏みしめて海岸に出ると、萬代元少尉と出会った。

「五十六年前、あの海戦で戦死した第二航空戦隊司令官山口多聞少将以下三千五十七名の英霊に対して霊を慰めていました。あの時と同じ暗い空、そして肌寒さもほとんど当時と同じですね。戦友たちには萬代が会いに来ましたと海にむかっていいました」

私と萬代元少尉は白砂の海岸を歩いた。

「生きてこの島に来られるとは……」

感慨深いものがあるのだろう。萬代元少尉の頬にはひとすじの涙が光っていた。

その日の午後サンド島の北方海域で、洋上慰霊のクルーズが行なわれた。「飛龍」元乗員や遺族、澤地久枝さんらが、かごに入ったブーゲンビリアやプルメリアの摘み花を次々と青い海に投げ入れる。船上のあちこちから嗚咽が漏れる。ミッドウェー海戦から五十六年目にして初めての関係者による洋上慰霊であった。

夕食にむかうため萬代元少尉とサンド島メインストリートであるニミッツ通りを歩いていった。

「この通りを一列縦隊にならんで、完全武装した米兵に警護され、トボトボと歩いたものです。赤錆た高角砲の残骸の他には何ひとつ兵器らしいものもありませんしね。まるで夢を見ている心地です」

と語ってくれた。

翌六日は、米海軍払い下げのＬＣＵ（汎用揚陸艇）に乗艦してイースタン島へ渡る。青空を乱舞するシロアジサシ、クロアジサシ。この小鳥たちは人間に危害を受けたことがないので、われわれの帽子や肩に平気で止まる。撮影にあたっているＴＶクルーの集音マイク等は格好の止まり木である。

かつて海兵隊の航空部隊があったイースタン島の滑走路上を歩く。ひび割れたコンクリートの所

漂流中の「飛龍」のカッターを発見した米軍飛行艇の機銃手
コン・フリーズ氏と36年ぶりに「再会」した萬代さん（右端）

どころに草が生えている。滑走路のわきにいくつかの小高い丘があった。これは砂を盛って造った掩体壕《えんたいごう》だそうだ。そのすぐそばに木の茂みがあったが、これは航空機をカムフラージュするために植えられたものだそうである。

ミッドウェー環礁での一週間はあっという間に過ぎた。六月十日の夕刻、ガルフストリームⅣ機はミッドウェー環礁を後にした。

日米合同の慰霊祭

二年後の平成十二年八月二十六日午後九時三十五分、ＪＡＬ七十五便はホノルルへ向けて成田空港を離陸した。

今回はミッドウェー海戦参加部隊戦友会有志の企画による「ミッドウェー慰霊の旅」を取材するため私もこれに加わった。これにアメリカ側から空母「ヨークタウン」の航空整備兵だったウィリアム・Ｆ・サージさんと信号兵だったノーマン・Ｗ・ウルマージさんが参加した。

その日の午後五時、アロハ航空のボーイングＢ７３７でホノルル空港をたち、空路ミッドウェー環礁を目指した。三時間ほどでミッドウェー空港に到着した。

翌日はサンド島ツアーである。空港のすぐそばにあるアメリカ海軍のＰＢＹカタリナ飛行艇の格納庫を見学する。ミッドウェー海戦時に、日本海軍の二度にわたる攻撃によって被害を受けており、当時のままの姿で残っていた。

その後、サンド島の防衛任務に就いていた米海兵隊第六大隊の本部跡へむかった。一九四一（昭和十六）年十二月八日（日本時間）、南雲機動部隊がハワイの真珠湾攻撃で大戦果を挙げたその日の夜、ミッドウェー破壊隊の駆逐艦「潮《うしお》」「漣《さざなみ》」が、約三千メートルの沖合から十二・七センチ砲で、サンド島への砲撃を行なった。いわゆる艦砲射撃である。「潮」が百八発、「漣」が百九十三発であった。この砲撃により〝耐爆弾ビル〟であるはずの大隊本部施設と発電所の一部が破壊され、今でも鉄骨がむき出しとなっていた。この砲撃で海兵大隊本部のジョージ・キャノン海兵大尉が戦死した。彼はアメリカ合衆国の〝名誉の戦死〟と認められ、第二次大戦で米海兵隊員として初めての勲章が授与された。

さらにツアーは続いた。ミッドウェー・メモリアル、海軍の魚雷整備工場跡、弾薬庫、レーダー施設、メインの格納庫などを見てまわった。しかし、これらは過去の遺物で現在使用されているものは何もない。その日の夜は、サンド島にある映画館でドキュメンタリー映画『ミッドウェイ海戦』が上映された。当然日本海軍が負ける話であるが、アメリカ側からの展開がよくわかり、一部納得することができた映画であった。

八月二十八日、午後一時から日米合同の慰霊祭が行なわれた。慰霊碑はミッドウェー・フェニックス社の日本事務所（山崎繁代表）に勤務する田畑政己さん（当時三十五歳）が自費で購入した黒御影石で出来ている。田畑さんはアメリカ軍の慰霊碑や記念碑が立派な御影石で建立されているのに、日本側には碑らしきものが何ひとつないことに心を痛めていた。そこで、作家の澤地久枝さんに著書の『滄海よ眠れ』のタイトルを碑文にすることの許可を得て、業者に依頼した。慰霊碑は出来あがったものの、アメリカ政府はこの慰霊碑を建立することに難色を示した。しかし、田畑さんの熱意がアメリカ政府に伝わり、許可がでた。この小さな行ないに対して、日本政府は何の協力もしていない。慰霊碑は、ミッドウェー海戦が行なわれた方向に向けて立てられている。

慰霊祭は慰霊碑の前で執り行なわれた。「飛龍」艦爆隊長小林少佐の実妹である山本君江さんが遺族を代表して献花し、山口多聞第二航空戦隊司令官の三男宗敏さんが、慰霊の言葉を述べた。宗敏さんは父、多聞司令官が戦死したとき、国民学校の四年生であった。彼による慰霊の言葉の一部を引用する。

「昭和十七年六月五日、あの熾烈なるミッドウェー海戦から早くも五十八年の歳月が流れました。祖国の安泰を一途に願い、親、兄弟、家族に想いを馳せながら、国家のために若くして尊い生命を捧げられた三千余名の御英霊の皆様方のこと考えますと胸のはりさける思いが致します。ここに改めて今なお五千メートルの海底に眠る御英霊の皆様方に対して心からご冥福をお祈り申し上げます。

私どもは現在のわが国の平和と繁栄が皆さま方の尊い犠牲の上にあるということを一日たりとも忘れたことはございません。

ミッドウェー海戦が行なわれた昭和十七年当時、わずか十歳で小学校（国民学校）の四年生だった私も今年六十八歳となり、とうとう老人の仲間入りをする年齢となってしまいました。ミッドウェー海戦は最早遠い過去の戦いとなった感じが致します。（中略）

今現在、私自身があの大海戦が行なわれたミッドウェーの地に居りますこと自体全く夢のようであります。またこの美しい紺碧の海と空、野生生物自然保護の楽園へと変貌したミッドウェーであの激しい戦いが行なわれたなどとは、平和の今日では到底想像することが出来ません（後略）」

八月二十九日、海上自衛隊の練習艦隊が二十七年ぶりにミッドウェーに寄港した。練習艦隊による献花式典が行なわれ、日米両国の国歌吹奏に続いて練習艦隊司令官吉川榮治海将補が献花。一分間の黙とうで式典を終えた。式典では本来は弔銃を行なうのが習わしだが、島内の鳥たちへの配慮から捧げ銃に代えられた。

その日の昼食は、吉川司令官のご招待による〝海軍カレー〟を練習艦「かしま」でいただくことになった。このとき、ただひとり欠席している人がいた。山口司令官の長女高橋弘子さんである。彼女はどこで何をしていたのか。

いまだに「飛龍」と共にこのミッドウェーの海底に眠る父のことを思い、ミッドウェーの海に潜っていたのである。素潜りでは会えるはずのない父。だが、どうしても潜りたかったという。弘子さんの複雑な気持が伝わってくる。父が戦死したとき、弘子さんは多感なる十七歳の女学生であった。

八月三十日、ミッドウェー環礁滞在も最後の朝を迎えた。ミッドウェー・ハウス（一九六九年、ニクソン米大統領と南ベトナムのグェン・バン・チュー大統領がこの家でベトナム戦争の行方について密談を行なった）で、萬代久男元少尉、森本権一元兵曹長と元米空母「ヨークタウン」の乗員サージさんとウルマージさんが「もう日本とアメリカが戦争をすることはない。お互いフレンドリーだ。この平和がずっと続いて欲しい」といってお互いに抱き合った。そして最後に「生きて再び会うことはないかも知れないが、お互いに世界の平和のために微力ながら尽くそう」といって別れた。

それは永遠の別れとなった。

*

萬代久男さんは、一見して実直な元海軍将校という雰囲気を持った人で、長身で姿勢がよく、きりりとした立ち居振る舞いには、古武士のような風格があった。顔立ちや語り口は、映画『男はつらいよ』に登場するお寺の住職役、笠智衆によく似ていた。太平洋上を二週間も漂流し、飢えと絶望の中を強い精神力で生き抜いた、類まれな海軍魂を持った軍人であった。

戦後は、海上自衛隊に入隊され、最後は横須賀田浦の第二術科学校長で退官された。元海将補。平成十六年三月二十一日歿、享年八十三。

第二話
特攻隊を指揮した戦隊長の苦悩

戦闘機コックピットの村岡英夫さん

【証言者】

村岡英夫

当時、飛行第二十戦隊長・元陸軍少佐

フィリピン進出

昭和十九（一九四四）年六月、マリアナ沖海戦は日本海軍の敗北に終わった。これにより日本が目指した絶対国防圏の構想は崩れ、サイパン、テニアン、グアムはアメリカ軍の手に落ちた。九月十五日には、ペリリュー島とハルマヘラのモロタイ島に米軍が上陸、二島は米軍のものとなり、フィリピン攻略の足がかりとなった。さらに二十一日、二十二日にわたって、米機動部隊は、突然、ルソン島に来襲、フィリピンのマニラを空襲した。もはや米軍によるフィリピン方面への進攻は確実な情勢となっていた。この時期に大本営は「捷号作戦実施を概ね十月下旬以降、比島方面に捷一号作戦準備を最優先準備せよ」と下令した。

昭和十九年十月六日付で、村岡英夫大尉（陸士五十二期）は、飛行第二十戦隊長を命じられた。まだ二十七歳である。異例の抜擢人事であった。十七日、一式戦闘機「隼《はやぶさ》」で編成された第二十戦隊長として台湾の台北・松山飛行場に着任した。そのころ台湾沖航空戦でダメージをあまり受けなかった連合軍は、攻撃の矛先をフィリピンのレイテ島に指向した。

これらの情報をもとに大本営は翌十八日、「捷一号作戦」命令を下令した。台北、松山飛行場にあった飛行第二十戦隊にもフィリピンへの転進が命ぜられ、二十一日の一二：〇〇に村岡戦隊長は十八機の隼戦闘機をひきいて台湾松山飛行場を離陸した。途中、台湾南部の給油地・屏東で全機給油を行なったあと、いよいよフィリピンを目指すことになった。

屏東を離陸したあと、全機に編隊を組ませた村岡戦隊長はふとオヤ？　と思った。飛行隊長の高浜功大尉機がいないのだ。搭乗機が故障したのかな？　と思ったが、そのまま飛行をつづけた。一八：〇〇にフィリピンのクラーク地区にあるバンバン飛行場に着陸した。

約一週間後、高浜飛行隊長が搭乗した隼がカロカン飛行場に着陸してきた。ところが、上官である村岡戦隊長には何の報告もなく、戦隊の軍医を呼ぶと、発熱しているので作戦参加は無理という診断書をもらって、マニラの陸軍病院に入院してしまった。高浜飛行隊長は、以前台湾沖航空戦で空襲が確実にあるという情報を耳にすると発熱して入院し、村岡戦隊長が台湾に着任したころには退院している。飛行第二十戦隊がフィリピンに転進後は、マニラの陸軍病院に入院したままであった。

そして、飛行第二十戦隊が〝戦力回復〟のために台湾に帰還するとの情報が入ると、元気そのもので退院して原隊に復帰し、飛行第二十戦隊とともに台湾の屏東に帰還している。高浜飛行隊長の行動に疑問を持った村岡戦隊長は、部下を疑うわけではないが担当の軍医を呼んで糺《ただ》すと軍医は、

27歳の若さで、隼戦闘機で編成された飛行第二十戦隊長に抜擢された村岡英夫大尉

「飛行隊長をそのつど診断していますが、かなりの高熱を発していることは事実です。それ以外にはさしたる症状はありません」

との報告であった。

そして、軍医は村岡戦隊長に対してこのようにいった。

「おそらく恐怖心による戦場心理からくる航空神経症（航空ノイローゼ）で、一種の病気であることは間違いなく、医師として、この種の患者を治療する自信は私にはありません」

とのことであった。

初陣、P-38との死闘

十月二十二日、村岡戦隊長はマニラにある第四飛行師団司令部に出頭し、師団長三上善三中将に着任報告したあと、参謀長の猿渡少将のところに行ってただちに作戦命令を受けた。

ここで村岡戦隊長ひきいる飛行第二十戦隊にあたえられた最初の任務は、十月十九日に上海からマニラにむかって南下中の玉船団（第一師団の秘匿名「玉」を冠して玉船団と呼称）と、ボルネオ島のミリからマニラに石油と米を緊急輸送する輸送船の護衛と、マニラ地区の防空であった。それに加えて担任海域があった。フィリピン諸島の西側で、北はルソン島の北端アパリの西方海面から、南はパラワン島とボルネオ島（現在はカリマンタン島）の間にあるバラバク海峡までの千五百キロにわたる広大な海域である。

掩護《えんご》の任務についた玉船団も二十三日夕刻北部ルソン島西岸サマゲロに到着し、ボルネオから輸送船の護衛も無事果たした。この間一回も連合軍からの航空攻撃はなかった。このため飛行第二十戦隊は、十月二十八日、フィリピンにおける最初の任務を無事に終えて、予定されていた根拠地のカロカン飛行場に移動した。カロカンはマニラ市の北部にある。

十一月一日、飛行第二十戦隊にも制空掩護の任務につくよう命令が届いた。村岡戦隊長はフィリピンに到着して今日まで、いまだに敵機と遭遇していないので、空中戦を経験していなかった。今日こそは会敵の確率は高いと思うと、胸の高鳴りをおさえながら隼戦闘機七機をしたがえてファブリカ飛行場を発進した。

機首を東に向けて上昇をつづけた。眼下には細長いセブ島があり、そのむこうにはオルモック湾が見える。高度四千メートルを高度計が示したところで、水平飛行に移った。索敵警戒を厳にして、さらに東進する。しばらくすると、東のレイテ湾上空のほぼ同じ高度に、けし粒のような機影を村岡戦隊長は発見した。位置からして敵機に間違いないと思った村岡戦隊長はスロットル全開にして上昇し、接敵機動を行なった。部下も戦隊長の動きに合わせた。

村岡戦隊長はさらに接敵した。敵機はまだ気づいていない。敵の機影がはっきりとわかった。ロッキードP－38ライトニングである。それも四機の三個編隊十二機だ。隼は七機。村岡戦隊長は敵機の進路を扼するように接敵した。そうしながら、さらに上空を見て、どこにも敵機がいないことを確認した。

　村岡戦隊長は高度差千メートルで、直下に入った最後尾のP－38の編隊に突進した。するとP－38は降下ぎみの旋回をうって回避した。射距離が中々縮まらない。有効射距離に達しないうちに、今度はかのP－38の二個編隊が左右に分かれ、旋回しながら反撃態勢に入った。村岡戦隊長は、やや遠い射距離から隼の七・七ミリ機関銃の一連射を浴びせて、離脱し、そのまま上昇に移った。P－38編隊の上方に占位しようとしたのだ。うまくいった。すぐにP－38に第二撃をかけ、オーバーブーストに近いスピードで上昇しながらふと上方を見た村岡戦隊長は、上空掩護の隼が一機もいないことに気がついた。空戦のドサクサで下方に下がってしまったのだろうと判断した。

「やむなく私は、一機だけで上空の掩護を受けもつことにして、敵の攻撃を警戒することにしたんです。と、レイテ湾方向に、新手のP－38が、日本軍の制空圏上空に近づこうとしているのを発見しました。たった一機で十数機と空戦をやるのか、大変な初陣になったなと思いましたね。二、三機なら格闘戦に巻き込んで、絶対に負けない自信はありました」

　しかし、十数機対一ではどうにもならないと考えたが、この編隊を部下たちの頭上にかぶせてはいけない、何とかここで食い止める必要があった。

　そこで村岡戦隊長は、隼の格闘性能の高さを利用するためにP－38の直下に進入して戦うことを選んだ。敵の指揮官機らしき編隊は降下突進の態勢に入り、第二、第三編隊の各四機は、左右にわかれて、村岡戦隊長機の包囲集中攻撃の態勢をとっている。千五百、千二百と

フィリピン航空基地配置図
(昭和19年10月ごろ)
120°
125°
15°
10°
5°
0
200km
エンガノ岬
ラオアグ
アパリ
カガヤン河
ルソン島
ツゲガラオ
サンフェルナンド(北)
リンガエン
エチアゲ
バンバン
サンファンビアン
バレテ峠
リシガ
バギオ
バレル湾
マバラカット
クラーク
マルコット
アンヘレス
カロカン
マニラ
ラモン湾
ニコラス
ニルソン
リパ
バタンガス
ナガ
カタンガネス島
レガスピー
ミンドロ島
シブヤン海
サンベルナルジノ海峡
サンホセ
マス
バテ島
サマール島
オルモック
タクロバン
キューヨー諸島
ビサヤ海
パナイ島
スルアン島
サラビヤ
マナプラ
イロイロ
ブラウエン
サンホセ
シライ
ファブリカ
パラワン島
トラッグ
ホモン
ホン島
カモ
テス海
カガヤン島
パナイ湾
バコロド
レイテ島
セブ島
ヌヒバーン
ネグロス島
ボホール島
ミンダナオ海
スリガオ海峡
ディナガット島
スールー海
カガヤン
マライバライ
ミンダナオ島
サンボアンガ
ダバオ
サンダンカン
ボルネオ

相手との距離がしだいに縮まってくる。いよいよＰ－38から機銃弾が発射されると思われる瞬間に村岡戦隊長は、操縦桿を後ろいっぱいに引き、急旋回を行なった。と、そのとき、敵機から発射された十二・七ミリ機関砲の収束弾道がオレンジ色の尾を引きながら村岡戦隊長機の左上方を吹き抜けた。

その後、八百メートル以上の距離からＰ－38の機関砲が火を吹いた。と、村岡戦隊長機は曳光弾の弾幕につつまれた。が、幸い操縦するには、異常はないようだった。飛行しながら、機体を点検すると、右翼の翼内タンクと後縁フラップの間を十二・七ミリ機関砲弾二発が貫通した穴が見えた。まさに危機一髪だった。

村岡戦隊長は上空や下方を注意深く見たがそのどこにも機影はなかった。部下たちの空戦は終わったようだが、十二機のＰ－38は村岡戦隊長を執拗に追い回した。村岡戦隊長はＰ－38の攻撃をかわしながら、機首を西へと向けた。オルモック湾を過ぎたころ、Ｐ－38も攻撃をやめて戦場を離脱していった。

「この日の戦果は、Ｐ－38を二機撃墜でした。が、わが方の損害は未帰還となったのが田中田茂利中尉で、負傷者は伊藤中尉と神尾曹長のふたりでした」

陸軍最初の特攻隊「万朶隊」編成

いっぽう、海軍はいよいよ神風特別攻撃隊を編成して、十月二十五日、第二〇一航空隊戦闘三〇一飛行隊の分隊長・関行男大尉ひきいる敷島隊の五機は、米護衛空母二隻を撃沈破する戦果をあげた。

陸軍の特別攻撃隊の編成は、海軍に遅れをとった。そこで茨城・鉾田にある教導飛行団で、最初の陸軍特別攻撃隊が編成された。その名は万朶《ばんだ》隊である。隊長は岩本益臣大尉。装備機は特別攻撃用に改装された九九式双発軽爆撃機であった。機関銃がはずされ機内（外側）に八百キロの爆弾を搭載した。爆弾の起爆信管を特別に長くしたため、これまでの九九双軽と違って、機首前方に長い棒が突き出ている状態だった。

陸軍の特別攻撃隊として誕生した万朶隊にあたえられた任務は、「第四航空軍に転属を命ず」であった。第四航空軍司令部（司令官冨永恭司中将）はフィリピンの首都マニラにあった。岩本隊長ひきいる万朶隊は、昭和十九年十月中旬、茨城県の鉾田飛行場から東京の福生飛行場へ向かい、さらに福岡の大刀洗から上海の犬場鎮飛行場へ着陸した。そこで休む間もなく燃料を補給すると、すぐに離陸。台湾の嘉義飛行場へ着陸したとき、万朶隊の隊員たちは、自分たちが陸軍航空最初の特別攻撃隊員であることをはじめて知った。万朶隊は十月二十六日に、フィリピンのリパ飛行場に進出している。

いっぽう、四式重爆で編成されたもう一つの特別攻撃隊である富嶽《ふがく》隊は、二十八日クラークのマルコット飛行場に到着した。

フィリピンをめぐる戦局は緊迫の度をくわえていた。特にレイテ沖で日米両海軍が激突した〝レイテ沖海戦〟では日本海軍が敗北を喫していた。ネグロス島からマニラに帰還した村岡戦隊長の飛行第二十戦隊を待っていた新たなる任務は、マニラの防空と陸軍第二十六師団のオルモック湾への輸送にあたる海軍の輸送船団を護衛することであった。

十一月十一日、オルモック湾内の多号第三次船団が米空母機の攻撃を受けて被害が出た。第四航空軍司令部では、米空母機動部隊の正確な位置は把握していなかったが、レガスピーの北北東カタンジャネス島の東方海域あたりだろうとされた。そこで第四航空軍司令部は、十二日早朝、富嶽隊をもって、米空母機動部隊にたいして特攻攻撃を仕掛けるとともに、レイテ湾に入っていると思われる米海軍の戦艦などにたいしては、万朶隊の九九式双軽四機をもって攻撃することになった。

この万朶隊にたいする掩護、誘導、戦果確認には、レガスピーを前進基地として船団掩護の任務についている飛行第二十戦隊、飛行第三十三戦隊，独立飛行第二十四中隊が分担することになった。いっぽう、万朶隊はマニラのカロカン飛行場から出撃するので、掩護戦闘機隊は、レガスピー上空で待機し、万朶隊の進出をまって掩護することとされた。

そんな大事なときに村岡戦隊長は、原因不明の高熱におかされ、レガスピーの宿舎で臥せってしまった。この状態だと、明朝に出撃する万朶隊の掩護はむずかしい状況であった。しかし、気持は直掩機として何とかしたいと思っていたのである。

十一月十二日、カロカン飛行場ではまだ暗い早朝、万朶隊の出撃準備が行なわれていた。

いっぽう、レガスピーでも、万朶隊の掩護にあたる隼戦闘機隊の準備が早朝から進められていた。そのころ、カロカン飛行場の片隅では、生きて再び還ることのない特別攻撃隊の若者のために、ささやかな送別の宴が行なわれていた。送る側は第四航空軍司令官冨永中将、第四飛行師団参謀長の猿渡少将をはじめ、司令部関係者、飛行第二十戦隊などの留守部隊、飛行場大隊長らであった。

九九式双発軽爆撃機。陸軍最初の特攻隊「万朶隊」は本機に800キロ爆弾と機首に長い触発信管を装着した改造機を使用

いっぽう送られる者は、万朶隊の操縦者田中曹長、久保軍曹、奥原伍長、佐々木伍長、通信手生田曹長ら下士官五名である。式典が終わると、九九式双軽爆撃機四機に搭乗した。

そのころ、レガスピー飛行場では、カロカン飛行場から航進してくる万朶隊を、制空掩護するため、隼戦闘機がつぎつぎと発進していった。指揮官は独立飛行第二十四中隊の菊池大尉、それにつづく第三十三戦隊の生井大尉、第二十戦隊の作見中尉以下十一機の隼戦闘機による混成部隊である。

しばらくして、カロカンから飛来した万朶隊と、レガスピーの上空で空中集合を終え、菊池大尉指揮のもとに、見敵必殺でもってレイテ湾をめざした。途中、万朶隊三番機の奥原伍長機がエンジン・トラブルのため引き返していった。

〇八：三〇、レイテ湾上空に進出、連合軍の大型、中型輸送船とその護衛にあたる艦艇群を発見した。すると田中曹長機は翼を振りながら、高度五千メートルから猛烈な突入を行なった。掩護中に被弾した独立飛行第二十四中隊の渡辺伍長機も田中機に続いて突入していった。掩護機が帰投して、戦艦、輸送船各一隻を撃沈したとの戦果の報告があった。

十一月十三日、米機動部隊の空母機によって、ルソン島方面は、朝から激しい空襲を受けた。クラーク地区も、〇八：〇〇ごろから、延べ百十機による空襲をうけた。この米空母機動部隊を攻撃するため、第四航空軍司令部は特別攻撃を決意し、マルコットで待機中の富嶽隊にたいして出撃を命じた。

一八：〇〇過ぎ、クラーク東方約四百キロの洋上の上空六千メートル付近で、西尾隊長機は、グラマンF6Fヘルキャット約二十機の攻撃を受けて自爆した。

この間に、国重准尉機が体当たり攻撃にうつり、戦果確認の百式司令部偵察機から、戦艦に突入したと報じられた。その他の富嶽隊の三機の四式重爆のうち、一機は、エンジン不調で途中から引き返し、あとの二機は攻撃のチャンスを失ったのでそのまま帰還した。

帰ってきた「英霊」

ところがこの日の夕刻、信じられないような出来事がおきた。カロカン飛行場に一機の九九双軽が着陸してきた。それは間違いなく万朶隊の一機であった。その操縦席から姿をあらわしたのは、なんと昨日レイテ湾の米戦艦に突入し、壮烈な戦死をとげたはずの佐々木友治伍長であった。飛行場に出迎えたみんなが驚いた。十一月十三日、一四：〇〇、大本営は「レイテ湾内敵艦船に、壮烈無比な特攻攻撃を敢行セリ」と発表。その後、南方総軍司令官寺内寿一元帥は感状を全軍に布告、戦死した五人の伍長を特進で少尉にしたばかりであった。その一人「佐々木少尉」は、まさに英霊だったのだ。

昭和19年11月12日、カロカン飛行場での万朶隊員。左から佐々木伍長、生田曹長、田中曹長、久保軍曹〔毎日新聞社〕

「万朶隊はもともと独立した飛行隊だったのですが、五日朝、岩本隊長以下五名の将校は九九双軽でリパからマニラの四航軍司令部にむかう途中、ニコラス飛行場の上空で米空母機に攻撃されて全員が戦死したんです。部隊をひきいる将校操縦者がいなくなったので、カロカン飛行場においで、私の指揮下に入っていたのです。

夜になりまして、時刻は何時だったかおぼえていませんが、戦隊本部に『佐々木少尉』が報告のためやって来ました。私は高熱を出して、体力の回復が今ひとつでしたので、寝室でやすんでいましたが、『佐々木少尉』の突然の出現に、ウソと思われるかも知れませんが、私は幽霊が、と疑ったほどでした。壮烈な戦死をとげたと報告をうけていたので、驚きました」

佐々木伍長は次のように報告している。

「田中曹長機が、猛烈な急降下で突進したので追随できず、途中で機を引き起こした。そのため田中曹長機を見失い、やむなく、上陸用舟艇らしき船に突進して、八百キロ爆弾を投下した。離脱後は、ミンダナオ島のカガヤン飛行場にいったん着陸し、機体の整備をすませカロカン飛行場に帰還してきた」という。

しかし、特攻攻撃の戦功によって二階級特進し、「佐々木少尉」になっていたのである。今後、第四飛行師団司令部が、「佐々木少尉」をいかに遇するか――村岡戦隊長にとっては頭の痛い問題が発生したのだ。

その翌日、さっそく司令部から村岡戦隊長の所へ「名誉の戦死をした奴がなぜここにいるんだ。おめおめ生きて帰ってきやがって、軍神、特攻の面汚しだ。明日でも特攻に出撃させろ。そして、必ず体当たりして死ねといえ」という、お達しが届いた。

これに対して村岡戦隊長は、

「私にはいえません。目的は敵艦を撃沈することです」

といった。その後、村岡戦隊長は佐々木伍長を呼んで「決してムダ死にはするなよ」と言葉をかけた。佐々木伍長は戦隊長のこの言葉に「次は必ずやりますから……」といってひきさがった。

特攻への疑問

十一月十四日、米空母機はマニラ地区に一五：〇〇までに延べ二百六十機、クラーク地区に延べ九十機、合わせて三百五十機が来襲した。その日の夕刻、第四飛行師団司令部から戦隊にたいして「万朶隊四機は隼集成戦闘隊の誘導掩護のもとに、マニラ東方二百海里付近を行動中の米機動部隊の空母を攻撃せよ」という作戦命令が下令された。

当時、カロカン飛行場には村岡戦隊長ひきいる二十戦隊のほかに三十三戦隊、二十四中隊などが装備する一式戦闘機隼の戦闘部隊が展開していたが、各部隊とも、戦力が低下し、指揮官を失った部隊もあって、隼集成戦闘隊という名称で、一個隊に統合して運用していた。

十一月十五日、隼集成戦闘隊の誘導、掩護、戦果確認機は隼戦闘機八機で、指揮官は飛行第二十戦隊の大里大尉が任命された。〇四：〇〇、カロカン飛行場の準備線には、万朶隊の九九双軽四機と隼八機が、列線を敷いていた。ここで恩賜の酒による訣別の乾杯が終わると、見送りの人々に激励されて万朶隊の特攻隊員石渡軍曹、近藤伍長、奥原伍長、佐々木伍長（特攻攻撃で英霊となり、特進で少尉となったが、生還したことにより、特進は取り消された）の四名は、機上の人となり、翼端灯を点灯して暗闇の滑走路を発進していった。

時を移さず、掩護にあたる隼戦闘機が万朶隊の後を追った。万朶隊の九九双軽は空中集合のために、飛行場の場周を大きく旋回していたが、各機の間隔は全くばらばらであった。それでも何とか飛行をつづけていたが、突然、翼端灯らしきものが落下した。それは一瞬のうちに閃光を放つと、やがて大爆発音が地上にも聞こえてきた。そこで村岡戦隊長は、残った特攻機の空中集合は無理と判断して、万朶隊も掩護隊も緊急着陸するよう命じた。

その結果、掩護機である隼戦闘機は全機無事に着陸してきたが、万朶隊の九九双軽で無事だったのは、奥原伍長と佐々木伍長が搭乗した二機であった。残りの一機はニルソン方面で自爆したが、もう一機は消息不明のままであった。その後にわかったことであるが、自爆したのは近藤伍長機で、未帰還となったのは編隊長を務めた石渡軍曹機であった。ひょっとして石渡軍曹が不時着して生きているかも知れないということになり、第四航空師団司令部は、地上軍に捜索をたのんだが、石渡軍曹の行方はわからずじまいであった。

この状況に心を痛めていた村岡戦隊長は、ベテランの操縦者であればまだしも、実体験のない者に、無理な夜間出撃をさせて、本来ならば敵艦船に突入すべき特攻隊員二名の貴重な命を奪ってしまった。このような特攻作戦をつづけていて、果たして敵に勝つことができるのだろうか。そうした疑問がわいてくるのはどうしようもなかった。人ひとりの命をもっと大切にした戦法があるのではないだろうかと、懊悩した。

師団長の見送り――失われた戦機

十一月二十五日、マニラのクラーク地区は、早朝から米空母機の攻撃を受けた。〇九：〇〇ごろ、マニラ東北東三百五十キロ付近に空母四隻を基幹とする米機動部隊を確認した。このため、第四航空軍司令部は、特攻機をもってこれを攻撃することに決め、万朶隊と富嶽隊に出撃を命じ、隼集成戦闘隊には、万朶隊の掩護に当たることを命じた。

当時、カロカン飛行場に展開していた万朶隊は、九九双軽が二機しかなく、操縦者は、特攻生き残りの奥原伍長と佐々木伍長の二名だけだった。

今回の出撃は、米機動部隊にたいして白昼の強襲である。万朶隊の二人の操縦者は、何度も出撃したものの、敵艦突入の機会に恵まれなかったもので、なんとか〝晴れの舞台〟を与えたいという気持もあって、村岡戦隊長はこの強襲作戦の指揮を自らとることにした。

出撃下令が〇九：〇〇以降であり、米の空母機の第二波の直前であったため、出撃は、米空母機がやってきた直後とし、離陸してから、攻撃を終えて離脱をはかる米空母機の最後尾機に追尾して、そのまま米機動部隊の上空に進攻し、万朶隊機による特攻攻撃を行なうこととした。

ここで重要なのは、米空母機の第二波、第三波の攻撃の合間に、全機を離陸させることであった。このタイミングの判断をあやまれば、戦闘機としての弱点である離陸直前の態勢で捕捉攻撃を受けることになる。カロカン飛行場は滑走路に対して、進入する誘導路は一つしかなく、数機が離陸するときは敏速に整然と行なう必要があった。

そこで村岡戦隊長は、戦闘指揮所に万朶隊の特攻隊員奥原伍長と佐々木伍長、掩護戦闘機の操縦員全員を集めて、次のように訓示した。

「出撃にさいしては、離陸掩護のために作見中尉、木村曹長の隼二機を最初に離陸させて、全機の離陸が終わるまで、飛行場上空の掩護をさせ、全機の離陸が終わったとき、掩護戦闘機の後尾につくこと。また、最初に掩護戦闘機の全機が発進したあとに万朶隊の二機は離陸すること。そして、目標の上空に達したあと、掩護戦闘機の十機は上空の掩護、五機は、万朶隊の直掩をしながら、万朶隊が突入したときは戦果を確認すること。エンジンの始動および地上滑走の開始は別命する」

これらの訓示をしているとき、第四航空師団の武藤参謀が作戦指導のためにやってきた。彼の口から、この日、第四飛行師団長三上喜三中将が出撃の見送りに来られることが伝えられた。

航空機が待機する場所は飛行場のあちこちとなるので村岡戦隊長は型どおりの別れの杯を交わしたあと、奥原伍長、佐々木伍長を残して、掩護戦闘機の操縦員たちには、自分たちの搭乗機が待機しているところで待っているよう命令し、武藤参謀には、白昼、米軍の攻撃を受けている最中の出撃であるため、特に米空母機の攻撃の間隙をとらえて、出撃することが重要であると意見具申して、これは承認された。

こうした間にも、上空では米空母機の第二波による攻撃が続いていた。そろそろ第二波の攻撃が終わりに近づいているようであった。ここで村岡戦隊長の出撃である。いよいよエンジン始動五分前の時間となった。武藤参謀には伝えていたのだが、当の三上師団長が姿を見せない。村岡戦隊長は少々イラつきながら待っていたが、そのとき、最後尾機と思われるF6Fヘルキャットの編隊が、飛行場のそばを東方にむけて飛び去ってゆく。もう時間がなかった。

整備兵たちが、カムフラージュされた戦隊長機の偽装をはずしはじめた。村岡戦隊長は武藤参謀に報告をして出撃しようとすると、待ったがかかった。そのときの模様を引用しよう。

離陸の合図を待つ一式戦闘機「隼」の列線。万朶隊の2回目の出撃では村岡戦隊長自ら掩護戦闘機隊の指揮を執った

《「師団長閣下の到着までしばらく待ってくれ」

「待てません」

「五分だけ、待ってくれ！」

「五分待てば、第三波の攻撃をかぶります」

実りのない、泣きたいほどの押し問答がつづく、第一線指揮官の貴重な経験にもとづく意見が、なぜ聴きいれられないのか。このさいは、攻撃を成功させることが、なによりも重要であることがわからないのだろうか。師団長には申しわけないが、こうなっては、離陸途中のすがたでお見送りいただければよい。

「五分待って、上から敵にかぶられた場合、戦隊長として責任が負えません！」

「せっかく師団長閣下の見送りだ。責任はおれがとる。五分だけ待ってくれ！」

万事休す。作戦指導の参謀に、責任はおれがとるといわれてはやむをえない。なにかが狂っているようだ。

じりじりして待つ五分間は長かった。マニラの空から、いっさいの敵機は去り、爆音は消えて、不気味なほど静かである。やがて五分の時間が切れる。私は無言で参謀に敬礼すると、指揮所を飛び出し「エンジン始動！」と連呼しながら機側に走った。》

（村岡英夫『特攻　隼戦闘隊』光人社）


村岡戦隊長は隼に飛び乗るとエンジンを始動させた。機付整備兵が離れる。村岡戦隊長搭乗の隼が駐機場から誘導路を通って滑走路が見えるところまできたとき、上空掩護に当たる作見編隊の二機は離陸地点にむかっていた。万朶隊の二機もエンジンの始動をはじめていた。

作見編隊が離陸しなければ当然後続機は滑走路に入ることはできない。村岡戦隊長は誘導路に停止して、早く作見編隊が発進してくれと念じながら操縦席から上空に目をやった。するとマニラ港の方角から断雲を背にして、一つ、二つ、三つと小さな黒点を発見した。さらに目を凝らしてみると、黒点がさらにふえてくる。これは間違いなく敵機に違いないと思ったものの、まだ掩護機は離陸していない。ようやく作見編隊が離陸したとき、米空母機が急降下してきた。TBFアベンジャー八機であった。

TBFアベンジャーの編隊長機と思われる先頭機の胴体から爆弾が離れて、落下してきたと思った瞬間、二機の隼の真ん中に落ちて爆発、爆風のために滑走路の西側に吹き飛ばされてしまった。今度は前方からF6Fヘルキャット戦闘機十二機が編隊を解かないで突入してきた。すでに射程内にあるので村岡戦隊長は操縦席から飛び出す時間はなかった。座席内で身をすくめていると、機体に一撃を受けてしまった。

地上掃射を終えて十二機が飛び去ると、村岡戦隊長は第四波攻撃が来るまでの間に全員を待避させるために搭乗機のエンジンを止め、操縦席を飛び出して「全員待避」を命じた。

やがて、米空母機の第四波がやってきた。地上にある隼、九九双軽は機銃射撃と爆撃で破壊された。約十機近くが炎上したのだ。村岡戦隊長は、離陸時に五分待たされなかったらこんなことにはならなかったと思うと、無念さがこみ上げてきた。五分の遅れが、この惨憺たる結果を招いてしまったのだ。戦闘指揮所に戻った村岡戦隊長の前に武藤参謀がスマン、スマンといいながら姿を現わした。

激しい銃撃を受けた割りには人的被害は少なく、戦死一、負傷一だったが、その戦死者が万朶隊の奥原伍長であった。特攻隊員を地上で殺してしまったことに村岡戦隊長は心を痛めた。九九双軽二機、隼十一機、あわせて十三機が炎上した。残りの隼四機も、全機が被弾していた。これにより隼集成戦闘隊は、大きな被害を蒙り、米機動部隊攻撃の手段をなくしてしまった。万朶隊の特攻隊員は佐々木伍長一人になってしまった。

特攻隊長との会話

十一月二十六日、〇九：〇〇。ネグロス島のシライ飛行場を発進した出丸隊長ひきいる特攻隊・靖国隊の五機は、ファブリカ飛行場を離陸した十機の隼に護衛されて、レイテに突入した。しかし、護衛にあたった隼は敵のｐ－38と会敵、苦戦となったため、特攻の戦果を確認することはできなかった。靖国隊は出丸隊長以下三機は攻撃できずに、マスバテ島に不時着した。出丸隊長は村岡戦隊長と同郷（熊本）の後輩であった。彼がネグロス島に進出するさい、給油のためカロカン飛行場に着陸して戦闘指揮所にいた村岡戦隊長と一時間ほど話し込んだ。同郷のよしみもあってか、特攻にたいする疑問を語っている。

「生還を期してこそ、想像を絶する危険の中に突進しうるものであり、いまやっている特攻は、自殺攻撃ですよ」

と、いうのだ。

村岡氏の著書から再び引用する。

《特攻隊員の出撃は、そのつど、必ず死を覚悟しての出撃である。目標が発見できず、帰還するときの特攻隊員の心情は、察するにあまりがあり、精神的な影響は、はかり知れないものがあった。特攻隊員を出撃させる場合には、かならず目標を捕捉し、一撃で突入しうるよう誘導してやることの必要性が痛感された。

特攻隊の誘導、掩護、戦果確認に専属化していた飛行第二十戦隊の任務は、重要かつ困難であったが、敵の航空優勢化によって、ますます、むずかしさをくわえていった。

とくに、掩護機を操縦している者の同期生や後輩の乗った特攻機が、目標上空に到着するや、手をふり、翼をふって訣別し、敢然と突入するのを見とどけて、敵機の妨害を排除しながら基地に帰還し、報告するという任務のくりかえしは、やはり、苦悩にみちたたいへんな仕事であった。

しかも、毎回、自爆あるいは未帰還の犠牲者が出ており、その心労は、ときとして、特攻隊員以上のものがあったのではないだろうか。はなばなしく発表された特攻隊の戦果のかげには、多数の掩護機の犠牲があったことをわすれてはなるまい。》

（『特攻　隼戦闘隊』）

死に神に見放された特攻隊員

昭和十九年十二月に入ると、米空母機による空襲はなかったが、三日、陸軍機のB－24リベレーター三機がマニラのクラーク地区に飛来した。これまでだと、モロタイ飛行場からピサヤ地区までの空襲であったが、レイテ沖海戦を勝利したことにより、レイテ飛行場の大型機使用が可能となったのであった。そのころの米陸上航空部隊は、レイテ、モロタイ方面合わせて一千機ほどと思われ、これにくらべて第四航空軍司令部は、第二、第四両飛行師団合わせて七十機、特攻機を入れても百機程度であった。戦力比を見てみると五分の一以下であった。

十二月四日、佐々木伍長一機による万朶隊の、レイテ湾敵艦船への特攻攻撃が行なわれた。掩護にあたったのは飛行第二十戦隊の有川中尉、佐藤曹長が搭乗する隼二機のみであった。一五：〇〇、万朶隊の佐々木伍長はカロカン飛行場を離陸して、レイテにむかった。レイテ島上空高度五千メートルで、敵艦船を発見した。ただちに有川中尉は翼をふって佐々木伍長に合図したが、その直後に有川中尉は後上方から米戦闘機の攻撃をうけた。有川中尉は反転して、空戦となった。相手はF４Uコルセアであった。

その後、米陸軍戦闘機のP－38一個編隊が加わって一対七機の空戦となった。有川中尉は苦戦を強いられていた。僚機の佐藤曹長機はどこを飛んでいるのか確かめようもなかった。なんとか危地を脱したが、有川機はかなり被弾しているようであった。特攻の佐々木伍長の攻撃結果も確認できないままであった。有川中尉は、搭乗機のエンジンや機体の調子もあやしげになったので、カロカン飛行場に帰還するのはムリと判断して、ルソン島の東南端に近いレガスピー飛行場に機首をむけた。

飛行をつづけているうち、あたりは夜の闇につつまれはじめた。と、そのとき、燃料計の警報灯が点灯しはじめた。燃料が空になったことを意味する。レガスピーまでもたない。有川中尉は近くのピリ飛行場に着陸することにした。ところが地表は暗くて飛行場がわからないのだ。いよいよ不時着しか選択肢は残されていないのか、と思ったとき、上空を飛んでいるのは友軍機だと判断した地上勤務部隊が機転を利かせて、車両二台のヘッドライトで滑走路を照らした。これにより有川機は着陸態勢をとったが、接地直前にエンジンが停止し、危機一髪で着陸できた。

いっぽう、佐藤曹長機は行方不明のままであったが、佐々木伍長はレイテ湾上空で米戦闘機と会敵したとき、咄嗟に高度を下げ、爆弾を海中に投下して身軽になったところで、機首をレイテ島の方向にむけて、ネグロス島のバコロド飛行場に着陸した。そして翌日カロカン飛行場へ戻ってきた。またもや「軍神」は生還してきたのである。まさに死神に見放された特攻隊員だ。


十二月五日、米機動部隊が、北部、中部ルソン島にふたたび襲ってきた。この日は、バコロド地区から石腸隊隊長の高石大尉以下七機、一宇隊の大石少尉以下三機が、一一：〇〇ごろに出撃し、石腸隊は米巡洋艦一隻、輸送船など六隻を炎上させ、一宇隊は大型輸送船一隻を撃沈したと報じられた。

　いっぽうカロカン飛行場からは、隼集成戦闘隊の隼九機と、またまた特攻出撃となった万朶隊の佐々木伍長の一機、鉄心隊の九九式襲撃機三機が、レイテ湾方面の攻撃にむかい、スルアン島付近で、米艦船を捕捉攻撃した。鉄心隊の戦果は、暗夜で確認されなかったが、佐々木伍長は大型船舶を攻撃、爆弾を投下したあと離脱して、ミンダナオ島カガヤン飛行場に着陸した。そして十二月九日の夕刻、カガヤンから帰還の途についた。

　ところが、あいにくマニラ方面の天候が悪くて、カロカン飛行場に着陸できなかった。そこで予定を変更して、マニラの北十五キロ付近の地盤のしっかりした田んぼに夜間不時着した。機体は約三百メートル滑走して大破したが、本人は無事であった。この日、カロカンに帰還している。

　佐々木伍長は、それまで三回も特攻に出撃して、そのつど生還しているが、今回も夜間不時着という大きな危険をおかしての、生還であった。

「特攻隊とは、攻撃時はかならず体当たりを敢行し、祖国に殉ずるのが当たり前でした。普通の戦場心理の持ち主であれば、壮烈な自爆をとげていますが、佐々木伍長の心理には、生還の可能性があれば生きて帰り、ふたたび出撃するという信念を持っていたんだと思います。当時の不合理な特攻作戦に、おのれもその渦中にはいって、無言の抵抗をしめしたのではないでしょうか」

私が村岡氏に、佐々木友治伍長と特攻攻撃について問うたとき、このように語ってくれた。

戦隊長に一任された特攻隊員選考

話はもとにもどるが、昭和十九年十二月十七日、村岡英夫戦隊長は第四航空軍司令部の参謀から「司令部に出頭せよ」と命ぜられた。さっそく四航軍司令部の参謀のもとに行くと、参謀の口から「二十戦隊の操縦者は、空襲があると逃げているそうではないか」と注意の言葉が飛び出した。それに対して

「飛行機を失った操縦員を、地上でムダに死なせたくはないための処置です」

と村岡戦隊長は憤然として答えた。すると参謀は、

「この非常時に、操縦者といえども、空襲のさいは地上で戦え、貴官らは拳銃を持っているであろう。拳銃で飛行機を撃て！」

と真顔でいった。

村岡戦隊長は、この言葉にあきれはてた。拳銃で飛行機が撃ち落とせるなら、こんな楽なことはない。このような精神主義でしか戦ができない、どうにもならない戦局となっていたのだ。村岡戦隊長は返す言葉もなく参謀室を後にした。

昭和二十年三月二十二日、飛行第二十戦隊は台湾の小港飛行場から台中飛行場に展開した。ここで若手の操縦員の育成と隼戦闘機の機数を揃えることになった。飛行場も台中から潮州

飛行場に移った。

戦局は沖縄決戦になっていた。沖縄戦は最初から第一線航空部隊に、特攻隊が編成されることになった。飛行第二十戦隊では、隊員の指名、隊員の発令、特攻隊の編成を戦隊長の責任において行なわなければならなかった。特攻隊の編成命令を受け取った村岡戦隊長は、予期していたことではあったが大きな衝撃をうけた。これから〝戦死〟する人間を自分が選ぶのである。そこで何か名案はないものかと、各隊長を集めて、特攻隊員の選考法について意見をもとめたが、ただ沈黙の時が流れるだけであった。

村岡戦隊長は眠れぬ一夜を明かした。そして操縦員全員を集合させて、

「特攻隊員の選考は、戦隊長に一任されている。ただいまから、全員のアンケートをとるので、いまから渡す紙の質問三つのうち、一つに○印をつけて、氏名を記入して提出してもらいたい。アンケートの結果は、戦隊長だけが確認して、他の者に見せることはない。個人の希望についての秘密は守る」

と、説明して、用紙を全員に渡した。用紙には「熱望する」「志望する」「志望しない」の三項目と、氏名欄だけである。全員が記入を終えたところで、用紙を回収して村岡戦隊長は自室に入った。

予想したとおりであったが、結果は全員が「熱望する」であった。こうなると、選考の方法をゼロから始めなければならなかった。村岡戦隊長は、全員の人事記録から選考すること

にした。そこで、戦隊副官の吉村中尉を戦隊長室に呼んで、人事記録を持って来させた。まず選考からはずしたのは、長男であること、母子家庭の子弟であることだった。各隊長とも相談して、最初の特攻隊員が決定した。それは昭和二十年三月末のことであった。村岡戦隊長は、死刑を宣告する裁判官以上につらい思いであった。

特攻の成功に涙

四月七日の夕刻、飛行第二十戦隊に出撃命令が届いた。

「飛行第二十戦隊（配属部隊欠）ヲ本七日薄暮マデニ台中ニ前進セシメ、随時出動シ得ル如ク準備セシム」

四月十二日、先島諸島付近にあった米機動部隊は、台湾の東方海域に接近していた。一六：二〇、この有力な米機動部隊を十三日払暁以降、攻撃するよう命令が出された。

当時、飛行第二十戦隊で編成した特攻第一隊は、台湾・花蓮港に進出して、台湾東方海域の米機動部隊にたいする攻撃にそなえていたのである。

四月十二日一七：二〇、飛行第二十戦隊の隼特攻四機、誠第十六飛行隊の隼特攻二機合わせて六機が、隼一機に誘導されて、花蓮港東方洋上の米機動部隊の攻撃にむかったが、その前に米戦闘機三十数機の攻撃を受けた。そのとき、機体に五百キロ爆弾を搭載していた特攻機は、身動きがとれない状態で、飛行第二十戦隊の神田正友少尉と誠第十六飛行隊の上野強軍曹の二機は、交戦中に被弾し、壮烈な自爆をとげた。残りの四機は天候不良のために米機動部隊を発見できず、花蓮港に帰還した。

第八飛行師団の直轄部隊となっていた飛行第二十戦隊は、四月十六日、台中から龍澤飛行場に移動せよ、という師団命令をうけた。十七日に台中から台北の南西約三十五キロの距離にある龍澤飛行場に空中移動を終えると同時に特攻隊誠第十六飛行隊が二十戦隊に配属された。

四月二十二日、宮古島から出撃する特攻隊の掩護任務を課せられた飛行第二十戦隊は、一七:一〇から一八:二〇までの間、上空掩護を命じられた。しかし、戦隊長による空中指揮は禁じられているので、村岡戦隊長は出撃できなかった。

中隊長岡部大尉を指揮官として、隼十二機が龍澤飛行場を出撃していった。岡部編隊は宮古島の上空に進空して任務に就くと、やがて六十余機からなる米空母機が来襲した。ここで壮烈な空戦が行なわれた。この空戦により、伊藤清中尉、酒井勇少尉、町田曹長、秋山政春軍曹の四名が自爆した。

五月三日、飛行第二十戦隊は、第二回の特攻隊出撃をむかえた。村岡戦隊長は、再び生きて帰ることのない攻撃にむかう部下たちを見送ることに断腸の思いであった。出撃する隊員は須見洋少尉、後藤常人少尉、宮田精一少尉、島田治郎少尉、菊井耕造伍長であった。一六:二〇、ピスト前に集合した特攻隊員は、恩賜の酒をもって別れの乾杯を行なったあと、愛機に搭乗した。一六：四〇、龍澤飛行場を離陸して、上空で編隊を組むと訣別の旋回をしたあと、沖縄をめざしていった。

その夜遅く、村岡戦隊長は「特攻隊の攻撃成功」の連絡をうけた。報告によると戦果は、「嘉手納西方の海面において、戦艦一、掃海艇一を撃破し、巡洋艦一を大破炎上させた」ということであった。村岡戦隊長は、よくぞやってくれたと感謝の気持と、部下を失った寂寥感で、ひと知れず涙を流していた。

最後の特攻隊

五月十三日、沖縄周辺海域には米艦隊が押し寄せていた。この日、誠第一六戦隊の隼特攻三機と飛行第二十戦隊の隼特攻四機あわせて七機が、直掩二機、誘導一機とともに一六：五〇、宣蘭飛行場から出撃した。飛行第二十戦隊は須藤彦一少尉、藤嶺圭右少尉、高田豊志伍長の三機が突入した。

第八飛行師団は、これまでの攻撃で特攻隊の大部分を失ってしまった。そこで五月中旬以降の特攻攻撃のため、新たに特別攻撃隊七個隊（四十二機）を編成することを決め、五月十三日、師団命令を下達した。

「戦隊長として最もつらい仕事がきたんです。それは、六機編成の二個隊十二機を編成しなければならなかったのです。一回目と二回目は、六機でしたが、今回は十二機。いずれ全員が特攻の運命を覚悟していますが、選ぶ私にはとてもつらかったですね。

当時、特攻隊員は、祖国の危難を救うために喜んで志願したとか、戦後は、当時のあやまった軍国主義的教育の結果、みずから進んで志願したとかいわれておりますが、これはいささか誤った観察ではないでしょうか。特攻隊員といっても、すべて生身の人間ですから、悟りの境地に達したような死生観など持ち合わせていませんでした。また、死ぬことを恐れないという者もいませんでした。

ただ、そこにあったものは、祖国が未曾有の国難にあっている現実と、われわれ若者がこの祖国と民族の国難を救わなければならないという義務感だったでしょう。しかも、毎日、自分たちと同じ若者が、特攻隊員として戦果をあげているという日常の中では、いくら調査しても、特攻隊を熱望するという結果しかでなかったのは無理のないことでした」

五月十七日、第八飛行師団司令部は特攻攻撃をつづけた。飛行第二十戦隊の隼特攻四機は花蓮港から出撃した。辻俊作少尉、今野静少尉、白石忠少尉、稲葉久光少尉の四名である。四名とも米艦に突入して散華した。この攻撃で、村岡戦隊長が編成した飛行第二十戦隊の特攻隊員の全員が、台湾から出撃して沖縄の空で散華してしまったのである。

五月二十九日には飛行第二十戦隊から大野好治少尉、石橋志郎少尉、武本郁夫少尉、山田三郎伍長、森弘伍長の五名である。なかでも森弘伍長は当時まだ十七歳であった。日の丸のハチ巻をきりりとしめて、夕闇迫る宜蘭飛行場を出撃していった。そして沖縄周辺海域の米艦隊に突入して自爆、二度と還ってくることはなかった。

六月一日、ふたたび飛行第二十戦隊にたいして特攻の出撃が命じられた。選ばれたのは猪俣寛少尉、芦立孝郎伍長の二名である。芦立伍長は先に戦死した森弘伍長とともに少年飛行兵十五期で、多感なる十七歳であった。

六月六日、飛行第二十戦隊は三回目の特攻隊を出撃させることになった。及川真輔少尉、東勉軍曹、吉川昭孝伍長、遠藤昭三郎伍長の四名が操縦する隼特攻機四機。吉川、遠藤伍長もともに十七歳。紅顔の若武者だった。宜蘭飛行場で出撃を見送る村岡戦隊長の悲しみをこらえる表情があった。一七：一〇、宜蘭飛行場を離陸した。独立飛行第四十二中隊の九九式軍偵察機一機に誘導されて、再び生きて還らぬ沖縄特攻の壮途についたのだ。

特攻四機は、慶良間列島西方海域を遊弋している米艦船に突入、戦果は艦種不詳の二隻を大破したと報じられた。この特攻隊をもって、飛行第二十戦隊が編成した特攻隊の攻撃は終わった。二十四名の操縦者が沖縄の空を紅に染めながら、雲流るる果てに散っていった。

「沖縄航空戦で飛行第二十戦隊は、自隊から特攻機二十四機を編成しまして、沖縄本島周辺に突入していったんです。だからこの海域に私の部隊だけでも、二十四柱の特攻英霊が静かに眠っているんです。もちろん、この全員は〝熱望〟と書いて、特攻隊を志願した人たちでした。

このなかの一人の特攻隊員は、当時台北に母親がおりましたので、出撃のときに見送りにきてもらいました。これが影響したのか、第一回出撃のとき、宮古島に不時着しました。そして第二回の出撃でもふたたび不時着となりました。彼の戦場心理を考えてみれば、母親のことなどを思った場合、自己のなけなしの命を捨てる決心がつかなかったのではないでしょうか。

これも不合理な特攻攻撃が生んだ悲劇の一つでしょう。戦後まで生きのびたわれわれには、彼を卑怯者という資格などありません。戦争といえども、なしうる限り人命を尊重することが、きわめて重要なことなのです」

生還特攻隊員との再会

戦後、昭和二十七年、警察予備隊に入隊した村岡英夫元少佐は、昭和四十二年八月、陸上自衛隊北部方面航空隊隊長（一佐）として、札幌丘珠駐屯地に勤務していた。

日本では八月十五日が近づくと、どのマスコミも「終戦記念」の特集を組む。北海道でも例外ではなかった。八月十四日、村岡隊長は「北海タイムス」記者の来訪を受けた。取材の目的は、太平洋戦争の末期ごろ行なわれた「特攻作戦」のことについてであった。

「話がたまたま、フィリピンの捷一号航空作戦における『万朶隊』の佐々木友治伍長のことになったときにですね、その記者から『佐々木伍長なら、この近くの当別町で元気に暮らしていますよ』と、佐々木伍長が今でも健在であることを知らされまして、全く思いもよらないことでしたね」

村岡隊長はさっそく、記者に案内を頼み佐々木伍長宅にむかった。その時のことを著書から引用する。見出しは「奇跡の再会——特攻生き残りと戦隊長」

昭和42年8月、22年ぶりに再会した元特攻隊員・佐々木友治さん（右）と元戦隊長・村岡英夫さん（当時、1等陸佐）

《太平洋戦争も終わりに近い昭和十九年十二月、敗色濃いフィリピンで別れて以来、たがいに住所はもちろん、消息さえもわからなかった特攻隊員と、その所属戦隊長が、二十二年ぶりに、奇蹟の再会をした。

〝私が生きて帰れたのは戦隊長のおかげです〟

〝いや、あなたは立派でしたよ〟

と感激の涙を浮かべ、かつて操縦桿を握った手と手を握りしめ、ときのたつのも忘れて思い出に花を咲かせていた。》（村岡英夫『特攻隼戦闘隊』光人社）

「北海タイムスの記者にも話しましたが、特攻作戦は、まことに異常な体験でしたね。生涯、絶対に忘れることができない痛恨の日々でしたから。

では、なぜこのような異常な事態にわが軍が追い込まれていったのかと問われると私なりに答えはあるんですよ。特攻については戦後、軍事評論家や歴史家たちが、あらゆる方面から分析して、いろいろ論じていますが、昭和十二年から始められた航空充備計画の達成率が八割の時点で、不十分のままに太平洋戦争に突入したことが第一にあげられます。

もう一つは、緒戦からビルマ、ソロモン、ニューギニア方面の航空作戦に、それまで育ててきた航空戦力の大部分を投入して、精鋭の空中勤務者を大量に失ったことなどが原因としてあげられると思います。

だが、これらの原因のすべては、中央統帥部の責任でありまして、第一戦で戦っている航空部隊の責任ではありません」

このような中央統帥部の失敗のツケは、さっそく第一線にまわってきた。特にニューギニア方面の戦況は、なおいっそう深刻さを増してきた。そして昭和十九年に入ると、連合軍は、中部太平洋方面とニューギニア方面の二方面から、フィリピンをめざして侵攻し、この間、日本陸海軍航空部隊は大きな損害をうけて戦力を低下させていった。

「そうしている間にも、戦局は日ましに激しくなってきまして、陸軍では、昭和十九年三月末に、特攻戦法の採用を決めたんです。非常戦局打開のためにとられた非常手段でしたが、世界の歴史上にも前例のない特攻作戦を行なったパイロットたちは、ほとんどが二十歳前後の若者でしたね。彼らには〝全軍体当たりの決意を堅持して、生還を期すべからず。かならず突入せよ〟という特攻訓が心の中に滲みついていたのでしょうね」

村岡戦隊長がひきいる飛行第二十戦隊で編成した特攻隊だけでも一式戦闘機「隼」二十四機、二十四名が台湾から出撃して沖縄近海に遊弋する連合軍の艦艇群に突入していった。二十四名の英霊は今もなお沖縄周辺の海底に静かに眠っているのだ。

フィリピン、沖縄作戦の全期間に突入した陸海軍の特攻機の総数は、陸軍千百八十五機、海軍千二百九十八機あわせて二千四百八十三機であった。このうち体当たりした機数は二百四十四機、至近海域に突入したものは百六十六機で、成功率十六・五パーセント、連合軍の被害艦数は三百五十八隻であった。この十ヵ月にわたる特攻攻撃によるもので、太平洋戦争全期間の米海軍沈没艦艇の二十一・三パーセントは特攻機によるものであった。

村岡元戦隊長は特攻について最後にこう締めくくった。

「戦後、特攻隊を賛美する者や実態を知らないながら批判する人たちなど、さまざまな意見がありますが、私自身は特攻攻撃に参加して散華した二十歳に満たない若者たちを知っているだけに、若くして死地に赴いた部下たちへの断腸の思いや、私の心の底の深い悲しみから、これまで沈黙をつづけてきました。

だが、このような悲惨な戦争をふたたび起こさないためにも、特攻作戦の実態を正しく後世に伝えることが、生き残ったわれわれのこれからの責務だと思いますね。散華した約四千名の陸海特攻隊員の英霊に対する鎮魂にもなるだろうと、私は考えて今日まで生きてきました」

＊

村岡英夫氏。柔和な顔であるが、「火の国」熊本出身ということもあって、「肥後もっこす」を地で行くような陸軍軍人である。戦闘機乗りというだけあって、部下思いの戦隊長ではあるが、勇猛果敢な印象も受けた。二十七歳という若さで、百六十名ほどの部下を指揮するという手腕も、上級司令部の参謀たちにかわれていた。台湾で終戦を迎えている。

戦後は、警察予備隊に入隊。昭和四十九年、陸自第一ヘリコプター団長で退官。元陸将補。平成二十五年四月歿、享年九十六。

第三話

零戦パイロットが体験した史上初の空母対空母の戦い

海軍戦闘機隊時代の小町定さん

【証言者】

小《こ》町《まち》　定《さだむ》

当時、空母「翔鶴」戦闘機隊・元海軍飛曹長

珊瑚海海戦五十周年のシンポジウム

「思えば五十年前の昭和十七（一九四二）年五月八日は、アメリカにとっても、わが日本にとっても、いや世界海戦史上初めて経験する空母対空母の戦いが繰り広げられた日でした。それまで海戦といえばお互いに主砲による砲撃戦が主でしたが、この珊瑚《さんご》海海戦では水平線の彼方より、見えない敵艦にむかっての航空戦でした」

この珊瑚海海戦から五十年目の一九九二（平成四）年五月七、八、九日の三日間にわたってシンポジウムが開催された。場所はアメリカ合衆国のフロリダ州ペンサコーラ海軍航空基地である。

小町定元海軍飛行兵曹長（飛曹長）は、言葉をつづけた。

「このシンポジウムにパネリストとして是非参加して戴きたい、という通知をもらったのが二月の中ごろでした。しかし、私は日本語以外は一切話せないので、駄目です。誰かほかの人を探して欲しい、と再三お断わりしたんだけど、言葉の方は終日、通訳をつけますからご心配は無用ですというんだ。さらに飛行機の乗り継ぎなどの不安に対しては、ロサンゼルスまで案内人を迎えに出しますので、心配はいりません。ですから必ずよい返事をお待ちしています、というんだ。

しかも、この言葉の主は、シンポジウムの主催者側であるペンサコーラ航空博物館副館長のロージャス氏（退役海軍大佐）で、強い懇請でした。それにしても零戦乗りの私一人だけではなく、艦爆、艦攻元搭乗員の幾人かの生存者も同じように参加されると思っていたんだけど、横の連絡がとれないうちに期日が迫っていたので、準備もそそこに出国することにしました」

五月五日午後四時ごろ、成田の東京国際空港を離陸して、米本土のロサンゼルスに到着し、飛行機を乗り継いで約十六時間ほどしてペンサコーラ空港に着いた。空港には小町定元少尉の身のまわり一切および各会場までのクルマの運転、宿舎の世話など、すべてを担当するのだという海軍少尉（パイロットのタマゴの飛行学生）が迎えにきていて、いたれりつくせりの配慮であった。

「宿舎に案内されまして、とにかくホッとしました」

部屋に入って、シンポジウムの案内パンフレットを見ると、「海軍航空博物館財団とアメリカ海軍協会（略称USNI＝United States Naval Institute）は、第六回海軍航空シンポジウムを以下の通り開催する『一九九二年五月七、八日、太平洋戦争の歴史的展望と湾岸戦争の危機分析について』――米海軍航空隊創設の地であるフロリダ州ペンサコーラにおいて」というものであった。

「案内状を読み、なんとおおげさな表題だろうと思いましたね。これは私にとっては大きなプレッシャーになりました。とりあえず、前もって手渡された私に対する質問の内容などに目を通し、シンポジウムに備えました。そこでベッドに入ったんですが、長旅の疲れか、翌日の本番にたいする興奮のためなのか、充分寝られないうちに夜が明けました」

午前八時、小町元飛曹長担当の海軍少尉がむかえにやってきた。ここまできてはもう引っ込みがつかないと判断した小町元飛曹長は、意を決して会場に乗り込むことにした。途中、軽く朝食をすませ、九時ちょうどに会場に入った。

会場正面のステージにはパネリストたちの席が設けられていた。パネリストは、アメリカ側から珊瑚海海戦に参加したパイロット三名と、あと一人、太平洋戦争の戦史に詳しいジョン・B・ランドストロームという歴史家であった。

三名のパイロットのうち一人はかつてアリューシャン列島に不時着した零戦一機（ミッドウェー海戦に呼応して、昭和十七年六月四、五日の両日、空母「龍驤」と「隼鷹」の艦上機がアリューシャン列島ダッチハーバーを空襲した。その時、アクタン島に不時着した「龍驤」の零戦二一型＝古賀忠義一飛曹機）をアメリカ本土に持ち帰り、復元してアメリカ上空ではじめて零戦をテストした人物であると紹介された。司会者は元宇宙飛行士で、ジェームズ・A・ローベル大佐であった。彼は月のまわりを四周して地球に帰還した人物であるという。

「なにしろアメリカ側の代表は全員が壮々たるメンバーなんです。それにくらべると、わがジャパニーズ・パイロットは私ひとり。いささか引け目を感じましたよ。でも、もうこのうえはどんと来い、といったサムライ精神でやるしかなかったですね」

『珊瑚海海戦五十周年シンポジウム』は、予定時刻の午前九時十五分になると、会場の全員が起立した。と、突然日本の国歌「君が代」が厳かに鳴り響いた。日本からは小町元飛曹長ただ一人の参加であるのに「君が代」を最初に吹奏してくれた。アメリカ側のこのニクイ演出に小町元飛曹長は感激した。

外国の地で、しかもかつて互いに敵として戦ったアメリカ側の生存者と同席で、会場を埋めつくしているアメリカ海軍兵学校学生および海軍大学校学生三千数百人の中で会場一杯に響く「君が代」の音色に思わず胸がジーンとくるものを禁じえなかった小町元飛曹長は、ポケットからハンカチを取り出し顔を拭いた。

そのあとアメリカ国歌が吹奏され、開会の辞があった。さらに歓迎の辞があり、つぎに「太平洋戦争における歴史的展望」と題して、イーストカロライナ大学教授ミッシェル・A・パー

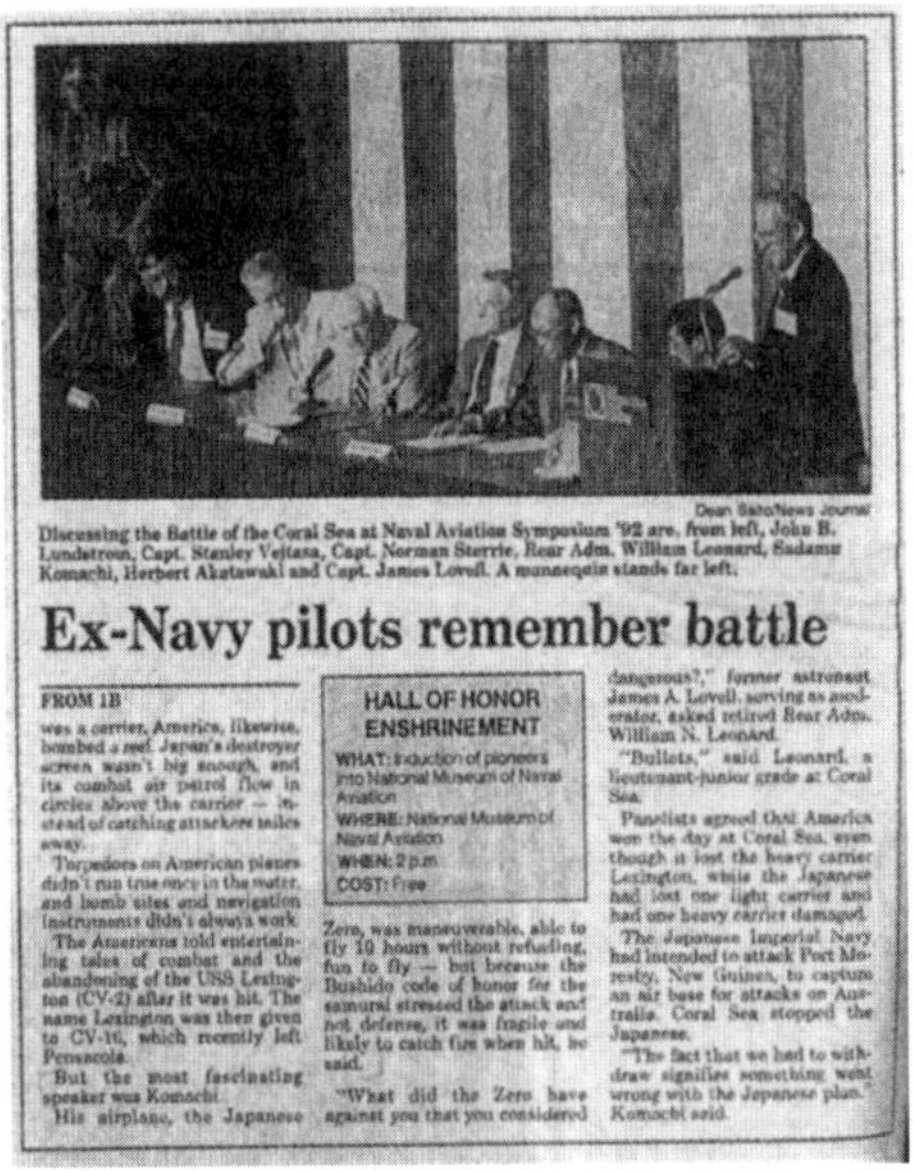

Dean Sato/News Journal

Discussing the Battle of the Coral Sea at Naval Aviation Symposium '92 are, from left, John B. Lundstrom, Capt. Stanley Vejtasa, Capt. Norman Sterrie, Rear Adm. William Leonard, Sadamu Komachi, Herbert Akatawaki and Capt. James Lovell. A mannequin stands far left.

Ex-Navy pilots remember battle

FROM 1B

was a carrier, America, likewise, bombed a reef. Japan's destroyer screen wasn't big enough, and its combat air patrol flew in circles above the carrier — instead of catching attackers miles away.

Torpedoes on American planes didn't run true once in the water, and bomb sites and navigation instruments didn't always work.

The Americans told entertaining tales of combat and the abandoning of the USS Lexington (CV-2) after it was hit. The name Lexington was then given to CV-16, which recently left Pensacola.

But the most fascinating speaker was Komachi.

His airplane, the Japanese Zero, was maneuverable, able to fly 10 hours without refueling, fun to fly — but because the Bushido code of honor for the samurai stressed the attack and not defense, it was fragile and likely to catch fire when hit, he said.

"What did the Zero have against you that you considered dangerous?," former astronaut James A. Lovell, serving as moderator, asked retired Rear Adm. William N. Leonard.

"Bullets," said Leonard, a lieutenant-junior grade at Coral Sea.

Panelists agreed that America won the day at Coral Sea, even though it lost the heavy carrier Lexington, while the Japanese had lost one light carrier and had one heavy carrier damaged.

The Japanese Imperial Navy had intended to attack Port Moresby, New Guinea, to capture an air base for attacks on Australia. Coral Sea stopped the Japanese.

"The fact that we had to withdraw signifies something went wrong with the Japanese plan," Komachi said.

HALL OF HONOR ENSHRINEMENT

WHAT: Induction of pioneers into National Museum of Naval Aviation

WHERE: National Museum of Naval Aviation

WHEN: 2 p.m.

COST: Free

平成４年５月８日、米ペンサコーラ海軍基地で開かれた「珊瑚海海戦50周年シンポジウム」を報じる現地紙「ペンサコーラ·ニュース·ジャーナル」。掲載写真の右から３人目が小町定さん

マ氏の講演があった。

小町定元海軍飛曹長――戦闘機乗りとしては未だ新米搭乗員ではあったが、昭和十五年十月、母艦搭乗員となり、空母「赤城」に乗り込み、連日発着艦の訓練に明け暮れた。明けて十六年五月、今度は空母「翔鶴」の戦闘機搭乗員になった。

その頃になると日米関係は風雲急をつげていた。空母「翔鶴」は十一月十九日、大分沖を離れ呉に向かい、その後北千島の択捉島の単冠《ひとかっぷ》湾をめざした。

そこには南雲機動部隊の全艦が集結していた。十一月二十五日、「加賀」「蒼龍」「飛龍」「翔鶴」「瑞鶴」の全搭乗員が旗艦「赤城」に集められ、「オアフ島真珠湾攻撃」の計画が知らされた。

「いや、驚きました。こりゃ大変なことになったぞ、と思いましてね。みんな興奮状態で、毎晩ビールを浴びるように飲みました。飲まずにはいられなかったんです。

攻撃の前日にはフンドシから下着、その他着用するものすべてを新しいものに変えました。が、みな興奮して寝付けませんでした。そのため、軍医が看護兵を連れて回り、みんなに精神安定剤を注射しました。それでやっと二、三時間眠ったでしょうか。真珠湾攻撃での私の任務は、母艦の上空直衛でした」

と、小町元飛曹長は語る。

その後、インド洋作戦、珊瑚海海戦に参加することになった。

史上初の空母対空母の海戦始まる

ここで珊瑚海海戦の概要を記しておこう。

連合艦隊は南方資源地帯攻略の第一段階が終わると、昭和十七（一九四二）年四月、第二段作戦構想を内定した。この構想は、五月にニューギニア東南部に位置する連合軍の基地ポートモレスビーを攻略し、六月にはミッドウェー環礁を攻略するというものである。

空母「翔鶴」艦上にたつ小町定さん。珊瑚海海戦当時の階級は海軍三等飛行兵曹

作戦研究会の席上、山本五十六長官は「第二段作戦は第一段作戦と全然異なる。今後の敵は、準備して備えている敵である。長期持久的守勢をとることは、連合艦隊司令長官としてはできぬ。海軍は必ず一方に攻勢をとり、敵に手痛い打撃を与える要あり、これに対して次々に叩いてゆかなければ、いかにして長期戦ができようか。常に敵の手痛いところに向かって、猛烈な攻勢を加えねばならぬ。しからざれば不敗の態勢など保

つことはできない。これに対してわが海軍軍備を重点主義によって整備し、これだけは負けぬという備えを持つ要がある。わが海軍航空威力が、敵を圧倒することが絶対必要なり」と、第二段作戦における日本海軍の戦略を強調した。

連合艦隊はこれに基づき、第一着手として南東方面の戦略体制を整備するため、ソロモン諸島のツラギおよびポートモレスビーの攻略を行なうことになった。ポートモレスビー占領の目的は、チモールからニューギニアを経てソロモンに至る線上に、航空兵力の全面展開を行なうことにある。豪北を抑えることで、アメリカとオーストラリアを分断できるのだ。このポートモレスビー攻略戦は「MO作戦」と呼称され、MO機動部隊とMO攻略部隊が編成された。機動部隊は五月一日にトラック島を出撃、攻略部隊は五月四日にラバウルを出撃した。

五月七日、MO攻略部隊の空母「祥鳳」は、〇五：三〇に零戦四機、九七艦攻一機を発艦させ、上空の直衛にあたらせていた。〇六：三〇ごろ、重巡「青葉」から米空母部隊発見の報が伝えられ、「祥鳳」は九七艦攻に雷撃兵装の準備に入った。ところが、その準備中に重巡「衣笠」機の打電した「敵空母機発艦」の報が届いた。「祥鳳」は艦上機の発艦を急ぐが、上空直衛機の収容、補給と重なって、すぐに発艦することができなかった。〇八：三〇にようやく零戦三機を発艦させたが、その直後、敵機十五機が来襲した。

敵機は二手に分かれて攻撃を開始した。「祥鳳」は爆弾を避けるため回避運動を行ない、至近弾はあったものの、命中弾はなかった。そこに「レキシントン」の爆撃隊に加え、さらに「ヨークタウン」の攻撃隊が入り乱れて殺到してきた。突然、後部甲板で大音響が響いた。爆弾が命中、さらに魚雷が命中すると、火災や浸水が激しくなり〇九：三一、伊沢石之介艦長は「総員退去」を命じた。それから四分後に「祥鳳」は沈んでいった。

ＭＯ機動部隊の空母「瑞鶴」内の第五航空戦隊司令部は、重苦しい雰囲気につつまれていた。原忠一司令官は何とかして米空母を攻撃できないものかと思案していたが、意を決して命令を出した。「本隊は珊瑚海北方に出現の敵有力機動部隊に対し薄暮攻撃を決行す。各艦は練達の搭乗員をもって艦爆六機、艦攻九機ずつで編成し、準備でき次第速やかに発艦、決死の攻撃を敢行すべし」

空母「瑞鶴」では、夜間攻撃、夜間着艦のできる熟練搭乗員が選ばれた。艦爆隊の指揮官に江間保大尉、艦攻隊指揮官に嶋崎重和少佐。また「翔鶴」では艦爆隊指揮官に高橋赫一少佐、艦攻隊指揮官に市原辰雄大尉が選ばれ、各艦それぞれ三十九名ずつのベテラン搭乗員が選出されたのである。

攻撃隊は母艦を次々と発艦してゆき上空で編隊が組まれた。戦闘機の護衛なしの出撃である。米空母部隊が航行していると推定されるポイントに進出したが、米空母を発見することはできなかった。そうこうしているうちに攻撃隊は米空母のレーダーに探知され、断雲の切れ間から突然、グラマンＦ４Ｆの襲撃を受けた。九九艦爆は二百五十キロ爆弾、九七艦攻は八百キロ魚雷を抱えての空戦が始まった。しかし、戦闘機対艦爆・艦攻では勝ち目はない。空戦場から離脱するしかなかった。Ｆ４Ｆワイルドキャットの追尾を受け、「瑞鶴」の九七艦攻五機、「翔鶴」の九七艦攻二機が撃墜された。十二機の九九艦爆は米戦闘機から何とか逃れることができた。指揮官の高橋赫一少佐は米空母を発見できないまま爆弾を投棄して帰還を命じたが、米空母の電波妨害によって、攻撃隊は母艦への帰投方向が受信できないまま飛行しつづけた。

そのとき、突然、残照の海面にくっきりと空母の艦影を見た。各機は航空灯をつけ、オルジス信号灯で「着艦よろしきや」と送った。発光信号の返ってきた空母に向かい、高橋隊長は着艦態勢に入った。すると、突然空母から対空砲火が火を吹いた。味方空母だと思っていたのは、なんとこれまで探しつづけていた米空母だったのである。すぐに航空灯を消して逃げ切ったが、九九艦爆一機が対空砲火を受けて自爆した。

「レキシントン」沈没

翌五月八日、翔鶴の索敵機菅野兼蔵飛曹長機に誘導された攻撃隊は〇九：〇五に米空母部隊を発見した。指揮官の高橋隊長は、「全軍突撃せよ」の命令を下した。高度を下げた九七艦攻は二手に分かれ瑞鶴隊は右へ、翔鶴隊は左へ向かって米空母を挟撃する態勢をとった。右手に回った瑞鶴隊は目標を目前にして編隊を解き、「ヨークタウン」と「レキシントン」

に襲いかかった。九七艦攻が魚雷を投下する。最初の魚雷が命中したのは「レキシントン」の左舷艦首部分であった。二本目の魚雷が左舷に命中すると「レキシントン」は左に七度傾いた。

「レキシントン」の後方約八千メートルにあった「ヨークタウン」に対しても艦攻隊が攻撃を開始した。瑞鶴隊の九九艦爆十四機も高度をさげて爆弾を投下する。命中弾は一発だけだったが、米空母部隊の陣形は大きく乱れてしまった。

珊瑚海海戦で爆発、炎上する米空母「レキシントン」。総員退艦が令され、ロープを伝って乗組員が艦上から脱出している

これは攻撃隊にとってはまたとない攻撃のチャンスである。ところが、艦爆機も雷撃機も全弾をすべて投下しており、「ヨークタウン」「レキシントン」に止めを刺す攻撃機が一機もいなかったのだ。そこで攻撃隊は空中集合し母艦へ帰還することにした。

しかし、今回の攻撃隊には零戦による制空隊が参加していなかったため、一瞬のスキをついて米戦闘機に襲われ、九七艦攻四機、九九艦爆七機が失われてしまった。無事に帰還できたのは四十六機。この戦闘で四十四名が戦死した。戦死者の中には指揮官の高橋赫一少佐も含まれている。

こうして世界の海戦史上初の空母対空母の航空戦は終わったが、左舷へ傾いたまま航行していた「レキシントン」では、艦を水平に戻す試みがなされていた。戦闘が終わって一時間後に飛行甲板が使用できるまでになったものの、艦内では航空用ガソリン・タンクのパイプがゆるみ、気化したガソリンが充満、そこに稼働中の発電機のスパークが飛び、一〇：四七、大爆発が起きた。

一二：四五、二回目の大爆発が起きた。シャーマン艦長は第十七任務部隊の司令官フレッチャー少将に助けを求めた。フレッチャー司令官は重巡「ミネアポリス」で指揮をとっているキンケード司令官に救助作業の任務にあたるように命じ、キンケード司令官は駆逐艦「モーリス」に「レキシントン」の消火を手伝うように命じた。が、すでに一面火焔に包まれており、消火は不可能であった。

一五：〇七、「レキシントン」には「総員退去」が命じられた。そして、魚雷による処分が行なわれることになり、一八：〇〇、「レキシントン」の右舷に四本の魚雷が発射され、艦は大きく傾いて、ついに姿を消した。

珊瑚海海戦の戦闘状況の報告を受けたニミッツ太平洋艦隊司令長官は、フレッチャー司令官に対して「第十七任務部隊は珊瑚海から避退」するよう命じた。

いっぽう、日本海軍も作戦の継続は不可能であった。これにより、連合艦隊司令部はMO

作戦の延期を決定した。

また珊瑚海海戦は、日本国内ではどのように報道されていたのだろうか。まず大本営海軍部は、報道部から新聞各社に戦果を発表した。それを受けて、昭和十七年五月九日の朝刊各紙ともトップ見出しで「米英の戦艦、空母四隻を撃滅」「サラトガ、ヨークタウン、カリフォルニアを轟撃沈」「米の空母集団潰滅に瀕す」などと、大きな活字が紙面に躍っていた。

それから約一ヵ月後の六月六日の朝刊三面には、「珊瑚海に高し、海鷲の凱歌」「戦史に燦、海空死闘の全貌」「三重の弾幕に火の魂の突入、先陣切って隊長機まで自爆」といった見出しで、まるで勝ち戦の紙面づくりとなっていた。

いっぽうラジオは、軍艦マーチに合わせて、珊瑚海海戦を大勝利として発表した。国民は「勝った、勝った」と、大本営発表の大戦果に酔い痴れていた。

生き残りパイロットの証言

こうした珊瑚海海戦の概要が、シンポジウムの司会者から紹介され、つづいて戦史家が戦況を分析、その後、アメリカの艦攻、艦爆、戦闘機パイロットたちの体験談が語られることになった。いよいよ珊瑚海海戦を戦った生き残りパイロットたちの生の証言である。午後一時四十五分より二時間たっぷりの時間を使って議題は進められていった。

議題の内容は、アメリカ側のパイロットたちと小町元飛曹長が交互に語り、双方に関係ある部分になるとアメリカ側と日本側と対照しながら進行していった。珊瑚海海戦の状況をはじめて耳にする人たちにも充分、分かりやすく進められていった。

ここで日本側パイロットの小町元飛曹長にむけられた質問は、概略つぎのようなものであった。

①何年（何歳）に海軍に入ったか。
②はじめてパイロットとして練習機の訓練課程を卒業するまでの訓練状況について。
③なぜ戦闘機を希望したのか。
④母艦パイロットとなってから母艦への着艦訓練の様子、内容について。
⑤零戦の特長について。
⑥零戦の欠点について。
⑦零戦の射撃訓練について。
⑧空母「翔鶴」の特長またはすぐれていたところ。
⑨珊瑚海海戦前にアメリカの空母やパイロットについて情報は多く入手していたか。
⑩五月八日の戦闘であなたは「翔鶴」上空直衛をしていましたが、空戦の思い出について、またアメリカのグラマン、ダグラスなどアメリカ軍機との空戦について。
⑪あなたは八月二十四日のソロモン海戦および十月二十六日の南太平洋海戦にも参加していますが、アメリカ軍は珊瑚海海戦の経験をどのように活用したと、考えますか。

⑫珊瑚海海戦は日本、アメリカどちらが勝利を得たと思いますか。

「これらの質問には、すべてお答えしました。しかし、あれから五十年も過ぎた今日にいたってもなお、思えば思うほどに頭の中が冴えわたるほど思い出すのは、零戦はその当時、世界に誇れるほど優秀な飛行機であったのに、無線機すなわち通信機が遅れていたということですね。

その当時、日本内地で訓練中に使った無線機は、何とか雑音入りのままでも交信ができたんですが、実戦ではまるで使ったことがないんです。ひとたび邀撃《ようげき》戦で飛び上がったらそのまま音信が途絶え、搭乗員が個々に上空で判断しながら行動し、個々に戦闘をくりかえしていたのです。

特に残念だったのは、母艦から戦闘機への命令、指令は全く聞いたことがないんです。戦後五十年も過ぎた今日でも、このことが忘れられないほど残念なことです。それは経験した人たちはみな、そう思われていることでしょう」

小町定元飛曹長は自分が体験した珊瑚海海戦の模様を語ることになった。その当時の小町元飛曹長の階級は三等飛行兵曹（三飛曹）であった。

「海戦がおこる五月八日は、当然ながら前日からの戦闘の様子で、今日は必ず海戦になるぞ、ということは分かっていました。それでわが方の索敵機は、夜明けを待たず暗いうちにいっせいに敵艦の位置を求めて飛びたっていったのです。その後まもなくして水平線の彼方に日の出の明かりが見え始めるころ、われわれ直衛戦闘機隊の第一中隊が発艦して、その任務についたんです。

そのまま緊張した気持を保ちながら、味方艦隊の上空を飛びつづけること一時間以上が過ぎたころだったと思いますが、母艦では敵機発見の第一報が入ったらしく、母艦（空母「翔鶴」）の飛行甲板上が急にあわただしくなったと思ったら、攻撃隊がつぎつぎと上がってきました」（このときの攻撃隊の指揮官は「翔鶴」の艦爆隊長高橋赫一少佐。「瑞鶴」「翔鶴」から零戦十八機、九九艦爆三十三機、九七艦攻十八機合わせて六十九機が〇七：一〇～一五の間に発艦している）

「母艦上空で、六十九機の全攻撃隊が空中集合し、大編隊を組んで敵艦を求めて進撃していきましてね。みごとな大編隊の機影がだんだんと遠ざかってゆくとき、聞こえるはずもないのに思わず『頑張れ！』と大声出し、武運を祈りましたよ。

さあ、このあとはいよいよわれわれの頑張る番だ。来るなら来い、と褌《ふんどし》を引きしめて待つことしばし。小一時間も過ぎたころでしたね。母艦前方を航行している駆逐艦から、敵機来襲を知らせる空包が射ち上げられました。

それにつづいて高角砲もドンドン射ち上げられはじめました。それを合図ではありませんが、それ来た、とばかりにわれわれもその方に突進しました。その後すぐにわれわれも敵機を発見、はっきりとこの肉眼で敵機影を視認できました。

そして思わず息をのみました。何と来るわ、来るわ、いままで味方艦隊上空にこれだけの敵機の大群を見たのは、まさにはじめてのことでしたね。蜂の大群か、イナゴの大群を見るようでした。これみな敵機なのです。こんなことを感心している場合ではない。まず態勢を整えながら一番先頭の母艦に近い敵機に一撃を加えました。そのまま機を立て直して、さらに二撃目をやったとき、グラマンF4Fワイルドキャットに襲われました。このとき被弾したが、幸い胴体中央より後ろでしたので、火災も起きずに飛行できました。

よし、まだ大丈夫と思って、第三撃目は敵艦爆に対して行ないました。ふと下方を見ると味方駆逐艦と味方母艦上空に来ており、味方母艦からは気が狂ったように高角砲、機銃が敵味方をかまわず射ち上げてくる。危険なことこの上なかったんだけど、それに怯んではいられなかったのです。

とにかく味方母艦の上空を飛び回っているのは、すべて敵機でした。自分のまわりを見ても、一緒に飛び上がった零戦は一機も見当たらなかった。みんなそれぞれ悪戦苦闘しているんだろうと思いました。とにかく、この敵機を一機たりとも味方母艦に近づかせてはならない。もう冷静な判断などできるはずもなく、味方母艦に近づく敵機には片っぱしから射ちまくりました。

このような鮮烈な空戦が何十分ぐらいつづいたでしょうか。敵の攻撃隊は攻撃を終えて空戦場から姿を消しました。そして、そこには、しばし、ぽかんとまたもとの静けさが戻っていました。ハッとそのとき、わが母艦は大丈夫だったか⁉と気づいて下方を見ると、なんということだ。わが「翔鶴」が黒煙をもうもうと噴き上げていました。

やられたか。こんなことがあってはならない、あれほど頑張ったのに。私は全身打ちのめされるほどのショックを受けました」（筆者注：「翔鶴」はこのとき飛行甲板二ヵ所に大穴があけられ火災を起こしたが、航行は可能であったので、次期作戦には参加している）

小町定元飛曹長の珊瑚海海戦の個人的な戦いぶりが語られたが、さらに次のような質問を受けた。

「あなたはこの珊瑚海海戦は日本が勝ったと思いますか、アメリカが勝ったと思いますか」

これに対して小町元飛曹長はこう答えている。

「アメリカは空母『レキシントン』を失い、『ヨークタウン』が損傷しました。日本は小型空母『祥鳳』を失い、『翔鶴』が損傷した。したがって戦闘そのものでは五分と五分の痛み分けでしょう。しかし、日本軍の主目標はポートモレスビー攻略作戦であったので、それが珊瑚海海戦によってすべてが失敗に帰して全軍が撤退する結果になったことは、大失敗であったと思うと答えました。

と、そのときでした。会場がワァーッとざわめき、会場のあちこちから拍手が起きた。なんの拍手だろうと思いました。後で考えてみますと、珊瑚海海戦は世界の海戦史上初の空母対空母の戦いでした。それにアメリカはいかに戦い、そして勝利をあげたかということは、アメリカの戦いの歴史上重要な一ページであったんですね。それを実際に戦った生き残りの日本人搭乗員の口から証明されたことに喜んだんだと思います。

そして、その後で一枚のコピーを見せられました。それは何と五月八日に『翔鶴』から飛び立った上空直衛隊九人の搭乗員の編制表でした。各機の戦果、被弾状況、発射弾数等が記載された『翔鶴』の戦闘詳報のコピーであった。このような書類は私自身見たことがない、はじめてでした。これを見ますと、五月八日、私と阿部安次郎さん以外は戦死または自爆となっているんですね。私の胸はしめつけられ、全身打ち震える思いでした」

こうして、三日間にわたってのシンポジウムは無事に終わった。

米艦上機の攻撃を受ける空母「翔鶴」。珊瑚海海戦で「翔鶴」は爆撃を受け、航行は可能だったが飛行甲板を損傷した

終戦時の怒り

小町定元少尉は大正九年、石川県で生まれた。昭和十五年六月、第四十九期操縦練習生を卒業し、前述の

ように十六年空母「翔鶴」の戦闘機搭乗員として、真珠湾攻撃、インド洋作戦、珊瑚海海戦、第二次ソロモン海戦、南太平洋海戦などに参加。昭和十八年十二月には第二〇四航空隊、ついで第二五三航空隊に所属してラバウル、トラック環礁上空の航空戦で活躍。「あ」号作戦のためグアムに向かい、着陸寸前にグラマンF6Fヘルキャットに撃墜され重傷を負った。数日後、一式陸攻に搭乗してグアムからトラック環礁に飛び、そこから病院船「氷川丸」(現在、横浜・山下公園にある)で内地に帰国した。二ヵ月の病院生活を終えると、京都に新しくできた練習航空隊「峯山空」の教員となった。そして昭和二十年六月、横須賀航空隊付となって終戦を迎えた。

ところが終戦から三日目の八月十八日、沖縄から偵察にやってきたB-32爆撃機(B-24の改良型)が関東上空に達すると、元横須賀航空隊の血気盛んな搭乗員が「それっ、やっつけろ」とばかりに緊急発進し、小町飛曹長は、紫電改に搭乗して邀撃にむかった。

やがて東京湾上空でB-32との空戦が行なわれた。小町飛曹長が放った二十ミリ機銃弾が、B-32の胴体中央の星のマークのそばに命中し大きな穴を開けた。B-32はなんとか沖縄の読谷へ帰投できたが、クルーのアンソニー・マルチオーネ軍曹が被弾し、またカメラマンのジョセフ・ラシャリテも足に二十ミリ弾が命中して負傷、クルーの一人は機内での手当のかいなく戦死し、第二次大戦における米陸軍航空隊の最後の戦死者となっている。

終戦後、GHQ/SCAP(連合国最高司令官総司令部)による日本占領の計画が伝えられると、厚木航空隊や横須賀航空隊内部で徹底抗戦を叫ぶ「危険分子」と思われる搭乗員を、それぞれの出身地へ帰郷させることになった。小町飛曹長もその一人だった。彼は横須賀航空隊本部に呼ばれた。

そこで航空隊本部の担当者から手渡されたのは、証券一枚と伝票一枚であった。担当者はこう言った。

「この証券は、あなたの退職金です。そしてこの伝票は、国鉄の切符の代用です。これで汽車に乗って、故郷に帰ることができます」

小町飛曹長は、その言葉に何の疑いも持たず、郷里の石川県に向かって汽車に乗った。郷里の最寄りの駅で、切符の代用と言われた伝票を見せると、駅員は「そんな話は聞いていない」と言って、改札口を通してくれなかった。それだけではない。何と不正乗車だと言うのだ。ここで堪忍袋の緒が切れた小町飛曹長は駅員と喧嘩になってしまった。

復員早々とんでもないことになってしまった。さらに後日、一枚の証券を持って銀行に行き、換金してもらおうと窓口に差し出すと、ここでも「そんな話は聞いていない」と言うのだ。

「いったいぜんたいどうなっているんだ」

と、小町飛曹長はやり場のない怒りに腸が煮えくりかえる思いであった。

「まったく、帝国海軍のペテンにひっかかった思いでしたね。まさに恨み骨髄、金輪際、国のために命を賭けてやるもんかと思いましたよ」

　だが、それだけではなかった。珊瑚海海戦ののち、小町飛曹長の部隊が内地に帰還、休暇をもらって郷里に一時帰郷したときには村人から「英雄だ、軍神だ」と熱狂的な歓迎を受けたものだった。休暇を終えて村を出るときは、村人たち総出で熱烈な見送りをしてくれたのである。

　それが終戦となって故郷に帰ってくると、小町元飛曹長を迎える村人たちは手のひらをかえしたように冷たかった。ＧＨＱが戦犯探しをしているという噂が流れ、この小さな村にも届いていたのである。

　小町元飛曹長は「あの戦いの中を自分なりに精いっぱいやってきたのに、ここで捕まってたまるか」との思いで、故郷を去ることにした。誰も知る人のいない東京へ行こうと決めたのだ。

　故郷を離れる日、一番上の兄が駅まで付き添ってくれ、別れ際に米三升を餞別として持たせてくれた。小町元飛曹長にとって、希望と不安とが入り混じった旅たちの日であった。

小町上飛曹のニセ者

　終戦から五十年も経とうかという平成六（一九九四）年、今度はその小町元飛曹長をめぐって、ミステリーというか謎のような話がアメリカから突然飛び込んできた。

話は一九九一（平成三）年に遡る。東京・東銀座に事務所を置く「日米文化交流協会」の日本代表者吉田次郎氏（元甲種飛行予科練習生十三期で零戦搭乗員会のメンバー）のもとに一通の記録文がアメリカから届いた。差出人はカリフォルニア在住で、太平洋戦争を日米双方の側から調べているヘンリー・サカイダ氏（日系三世）である。

彼が吉田氏に送った記録文は次のようなものであった。

「一九九一年七月、オーストラリア当局筋では、日本海軍の第二五三航空隊所属パイロット小町定上飛曹のフライト・レコードを遺品として全文を英訳した上オーストラリア戦争記念館だけではなく、アメリカ欧州戦史室資料館などに配布しました」

ところが、このことが公表されてから三ヵ月ほどして、戦史研究家ヘンリー・サカイダ氏から、再び英文の手紙が吉田氏のもとに届いた。

「オーストラリアの捕虜収容所での記録に〝当時ラバウル航空隊の小町上飛曹を捕虜にしたとあり、これを知った収容所員もオーストラリア基地員、米軍も拍手して喜んだ〟とありますが、これはどういうことですか」

この手紙の内容に吉田氏は驚いた。遺品だの、捕虜だの、いったい何を根拠にいっているのか。小町元飛曹長は捕虜になったこともないし、今も元気に会社社長を勤めておられるし、氏所有のビル内に零戦搭乗員会の事務局まで置いてもらっているのだ。遺品なんてとんでもない、と思いながら翻訳して小町元飛曹長のもとへ駆けつけた。

これに対して小町元飛曹長は「私はオーストラリア軍や米軍が大喜びするほど有名な搭乗員でもなく、全く無名の下士官搭乗員に過ぎなかった。推測するに、『ニセ小町上飛曹』は、取り調べの際、オレはラバウル航空隊の先任搭乗員だ！　と大ミエを切ったものと思われる。そのころ、ラバウルにはエースがたくさんいたから」と、頭を傾げるばかりだった。

記録によると、一九四二（昭和十七）年ごろ、ソロモン諸島上空でアメリカ海軍の戦闘機に撃墜された一機の零戦があった。搭乗員はアメリカ軍により救助され、そして捕虜の身となった。零戦の搭乗員は名前を〝小町定上飛曹〟と名乗った。しかも、その証拠となる小町定と書かれた救命胴衣を身につけ、飛行日誌も所持していた。

「ニセ小町定上飛曹」はその後、オーストラリアのカウラ捕虜収容所に収容された。アメリカ・オーストラリア両軍とも何一つ疑いを持たず「ニセ小町定上飛曹」をＰＯＷ（Prisoner of War＝捕虜）としたのだ。

飛行日誌の謎

平成五年秋、吉田次郎氏のもとへ三たび手紙とコピーが届いた。

コピーはアメリカ国務省にファイルされている小町定上飛曹の飛行日誌であった。すべて英文タイプ印刷である。一ページの所蔵先のようなところにこう記してある。

「バラバラの手書きのフライト日誌。日付は一九四四年三月一日から四四年十月二十四日まている。

で。恐らく下士官小町のものと思われる。部分的にXICAETにより翻訳された」となっている。

また次のページには、小町定上飛曹の飛行日誌が英訳されている。

「年月、搭乗した航空機の型式、基地名、飛行時間、攻撃目標、所属する部隊名」からなっている。昭和十九年六月一日のところをみると、「零戦二八型でトラック基地を発進、飛行時間二時間四十分で船団護衛に当たる。所属部隊は戦闘三一〇」とある。

そして六月八日には「零戦六一型でトラック春島を出撃、B－24を二機撃墜」している

（筆者注：傍点は筆者がつけたもの。小町元飛曹長は零戦二一型、五二型しか搭乗していないので、訳者が何かの数字を誤って訳したものと思われる。また、零戦二八、六一型は存在しない）。この項の終わりに「月間飛行時間四十九時間四十分、トータルで二百六十八時間三十五分」とあり、飛行隊長岡本（晴年少佐）と田中の署名捺印がしてある。

小町元飛曹長は、零戦に搭乗して十八機を撃墜した元エースであり、東京都内に何ヵ所かのビルを持つ会社のオーナーでもある。大田区西蒲田にあるグランタウン・ビルの三階にある「零戦搭乗員会事務局」を訪ねて、小町元飛曹長に改めてお話をうかがった。

――最初、この話をお聞きになってどういう感想をお持ちになりましたか。

「キツネにつままれた思いで、なんかピンと来なかったな」

――救命胴衣に小町さんの名前が書かれているということですが、戦争中は人のものを拝

借して出撃するということがあったんですか。

「人のものを拝借するということはなかったと思うが、パイロットが五十人いたら一定の場所に五十人分の救命胴衣が掛けてあるので、他人のを間違えて着用するということはあったかも知れない。何しろ戦時なので、異常な状態にあったわけですから」

――それにしても当然、同じ部屋にいた人とか、思い当たる人はいないのですか。

「全くわからないねぇ。今の今まで信じられないことです」

――米国務省の「小町定上飛曹のフライト・レコード」は、かなり詳細に記載されていますが、これは小町さんご自身のものに間違いありませんか。

「間違いないですね。しかも飛行隊長の岡本晴年さんの署名捺印があるとすれば疑問の余地はないです」

小町元飛曹長は、飛行日誌を間違いなく自分のものだと認めた。さて、そうなるとホンモノの小町元飛曹長にも心当たりがないという「ニセ小町上飛曹」は、いったい何のためにホンモノになりすまして、救命胴衣と飛行日誌を持っていたのだろうか。

「ニセ小町上飛曹」がカウラ捕虜収容所に収容された約一ヵ月後、この収容所で一千百名余の日本軍将兵の大脱走事件があった。そして、二百三十二名の将兵が射殺されたり自決している。

その当時の日本軍将兵には、『戦陣訓』が金科玉条として、軍人精神のバックボーンとしてあった。『戦陣訓』とは、昭和十六年、東条英機陸軍大臣の名で、全陸軍に布達された戦陣道義高揚の訓諭である。《生きて虜囚の辱めを受けず、死して罪科の汚名を残すこと勿れ》の文言が絶対視され、捕虜になることを潔しとしなかった。

　つまり、ソロモン諸島上空で撃墜された零戦搭乗員は、捕虜になった時、救命胴衣の名前の小町定上飛曹を名のり、そのまま本人になりすましたものと思われる。しかし、それでは飛行日誌をなぜ所持していたのか。これには小町元飛曹長自身も「さっぱり分からない」という。というのは、飛行日誌は航空隊本部の記録係によって毎日記録されている公文書で、搭乗員が持ち歩くものではないからだ。いずれにせよ、小町上飛曹になりすました零戦搭乗員を疑うオーストラリア軍人もアメリカ軍人もいなかったのだろう。

戦後の零戦搭乗員会にて。右から小町定さん、田中ショウリさん（歌手、航空機研究家）、大原亮治さん（丙4期、飛曹長）

　米カリフォルニア在住の戦史研究家ヘンリー・サカイダ氏は、当時の日本海軍航空隊の戦闘記録を念入りに調べ、小町定上飛曹になりすました搭乗員の名前の割り出しを懸命に続けたという。それによると甲種飛行予科練習生の八〜九期生の中に、それに該当する人物がいるはず、としている。

いっぽう、小町元少尉の気持ははっきりしている。太平洋戦争当時のことを振り返ってみれば、自分になりすました搭乗員の心情は察するものがあり、これ以上の詮索はあえて不問に付したいとのことであった。

いずれにしても小町上飛曹になりすました搭乗員が捕虜になり、終戦で自由の身となってから半世紀が過ぎている。しかし、まだこうした世にも不思議なことが存在しているのである。太平洋戦争が終結してから半世紀を経ても戦争は、人々の生き方にも大きな影を落としていることをうかがわせる出来事であった。

＊

小町定氏。大きな体躯。どうしてこんな大きな身体のひとが、零戦のコクピットに座れたのか不思議であった。しゃべる口調はぶっきらぼーであるが、根はやさしいサムライである。戦闘機乗りらしい緻密な神経と、終戦後も米軍機を攻撃するという大胆な行動力を持った軍人であった。

戦後は建築会社の経営者となった。平成二十四年七月十五日歿、享年九十二。

第四話
エース坂井が見逃した敵輸送機、機内に見えた金髪の母娘の運命

中国・九江基地の坂井三郎さん

【証言者】
坂井三郎
当時、台南空戦闘機隊・元海軍中尉

太平洋戦争終結五十周年を迎えるにあたり、東京都千代田区内幸町の『日本外国特派員協会』（現在は丸の内二重橋ビルに転居）は、当時の日本の外交官や軍人を招き、平成六（一九九四）年十一月二十五日、講演を開催することになった。そのトップバッターとして選ばれたのが『ＳＡＭＵＲＡＩ』（米、英、仏、伊、独、台湾で出版されている。日本版のタイトル『坂井三郎空戦記録』）、そして『大空のサムライ』の著者・坂井三郎であった。坂井氏は〝零戦のエース〟として世界的にその名が知られた元日本海軍のパイロットである。

腕白だった三郎少年

坂井三郎――元海軍中尉。大正五年八月二十六日、佐賀県佐賀郡西与賀村（現佐賀市）で、父晴年、母ヒデの次男として生まれた。

幼いころから活発で腕白な子供であった。三郎が小学校六年生の秋、父はカゼをこじらせて、それがもとでアッという間にこの世を去った。これを機に、坂井家の生活は一変する。母ヒデは女手ひとつで男四人、女一人の五人兄弟妹を育てていかなければならず、坂井家はドン底の生活がはじまった。

こんな状況の中にありながら三郎の腕白ぶりは直らなかった。暴れん坊の少年ではあったが、学業の成績は優秀だった。

そんなある日、ある事件が起きた。教育熱心な担任の先生が、毎日のように宿題を出して、それをやらないで学校へ行くと、いきなり往復ビンタが飛んできた。この行為に対して六年生の全員が登校するのは嫌だといい出した。そこで級長でガキ大将の三郎がリーダーとなってクラス全員をひき連れ、授業をボイコットしたのである。

このことはすぐに知れわたり、学校はもちろん、村中が大騒ぎとなった。これには担任の先生も参ったらしく、その後はやさしくなった。

やがて卒業が近づいたころ、東京にいる伯父が三郎を東京で勉強させてやろうと佐賀までやってきた。そのころの坂井家は経済的にも、母の手ひとつでは、どうにもならないところまできていたのである。

三郎は伯父と東京へ向かうことになった。母、兄弟とのつらい別れがあったが、東京行の汽車に乗った。東京に着くと、その日から伯父の家に厄介になり、中学校をめざすことになった。受験した学校は東京府立で優秀な生徒が集まる第六中学校（現新宿高校）であった。しかし、結果は不合格。佐賀の田舎で成績優秀な子でも、東京の優秀校に合格することはムリだった。

次にミッションスクールの青山学院中学部を受験、今度は受かった。その年の第一学期の成績はクラスで中位だった。この成績に伯父は失望した。三郎はなんとか伯父に喜んでもらおうと夏休みには猛烈に勉強したが、成績は上がらなかった。それどころか東京の生活に慣れてくると、腕白もひどくなり、ある日伯父は学校側から呼び出しをうけ、「三郎少年の学校生活態度は本学院の校風に合わないので」と、退学がいい渡された。

伯父にもさとされ、三郎は佐賀の実家に帰っていった。田舎にもどっても就職するでもなく、本家で農作業を手伝うことになった。そんなある日、村役場の前を通っていると掲示板に『海軍少年航空兵募集』と書かれたポスターを見た。その瞬間、三郎の胸は躍った。自分が求めていた道はこれだと思った。その日から猛烈な勉強をはじめた。

しかし、その年の受験は失敗した。翌年は期日を逸して受験できなかった。ところが一般海軍志願兵を募集していることを知り、とりあえず受験すると今度は合格した。

憧れの戦闘機乗りになる

昭和八年五月一日、本家の伯父につき添われて三郎は佐世保海兵団の門をくぐった。十六歳八ヵ月のことである。ここで約五ヵ月の新兵教育を終え、戦艦「霧島」の乗員となった。その後、水兵からでも航空機の操縦練習生を志願できる制度があることを知り、これを受けるため勉強をつづけた。

二一：〇〇の消灯後は衛兵の目をかすめて抜け出し、練兵場で、外套を頭からかぶって勉強したり、便所の常夜灯を利用して勉強したり、ハンモックで毛布を頭からかぶって懐中電灯の明かりで勉強した。その努力が実ったのか、同期二百人の中で二番の成績だった。

その成績が買われて戦艦「榛名」の分隊に転属となった。「榛名」には水上偵察機二機が搭載されていた。夢にまで見た航空機の側へやっとたどり着いた。

昭和十一年の夏、搭乗員への夢を捨てがたく、操縦練習生を受験した。第一次、第二次、第三次の試験も見事合格、ついに海軍搭乗員への道を歩むことになった。

八ヵ月にわたる霞ヶ浦での戦闘機操縦訓練はぶじ終了し、戦闘機操縦者の証しであるトンビのウィング・マークがあたえられ、坂井練習生は首席の栄誉を担って、恩賜の銀時計が授与された。

各地で空戦を行なう

昭和十三年夏、坂井三郎は三空曹（三等航空兵曹）になっていた。そして中国江西省北部の都市九江に基地を置く第十二航空隊へ転属して行った。盧溝橋事件にはじまった日本と中国の戦闘は勃発から一年が過ぎていた。当時、まだ、零戦は誕生しておらず、九六艦戦が主力機であった。九江基地を出撃し、初の空戦を体験した。

その後も南昌で、さらに漢口でも戦った。昭和十五年七月末、中国を去る日がきた。日本本土の大村海軍航空隊への転属となったのである。その年の十月十七日、台湾の高雄海軍航空隊へ配属され、ここで零戦の訓練をうけることになった。

昭和十六年四月十日、坂井二空曹はふたたび第十二航空隊に臨時配属となり、漢口基地に戻った。六月には一飛曹（一等飛行兵曹）に進級した。八月十一日、七機の一式陸攻による成都爆撃を掩護するため十六機の零戦が漢口基地を飛びたった。この日、中国空軍のイ16との空戦になった。坂井一飛曹は一機を撃墜。零戦に搭乗しての初撃墜であった。

九月のはじめ、中国各地で戦っていた海軍航空部隊は漢口基地に集結が命じられ、そのまま台湾の高雄基地に向かって飛び立った。

十月一日、高雄基地のすぐ側に台南基地が完成し、坂井一飛曹らはこちらへ移駐した。ここに台南海軍航空隊（台南空）が誕生した。司令は斎藤正久大佐。副長兼飛行長に小園安名中佐、飛行隊長に新郷英城大尉らが赴任した。五個中隊、零戦四十五機の編制である。

目指すはフィリピン

太平洋戦争開戦の昭和十六年十二月八日、南雲機動部隊がハワイの真珠湾を攻撃するのに呼応して、台湾の各基地から出撃する日本海軍航空隊は、戦爆あわせて九十機。目ざすはフィリピンのクラーク基地である。

一〇：〇〇に四十五機の一式陸攻が攻撃発進の命令をうけて離陸していった。坂井一飛曹は一式陸攻の発進を見送りながら零戦に搭乗した。一〇：二〇、指揮官新郷隊長の右手が高くあがった。零戦隊の出撃である。

上空で零戦隊は制空隊と爆撃機隊の掩護の二手に別れ、坂井一飛曹は制空隊に入れられた。

○一：三五。制空隊は予定どおりクラーク基地上空に進入した。坂井一飛曹は風防ごしに敵飛行場を見たが、兵舎や格納庫がならんで建っているのに敵機が見あたらない。しかし、もう一度見ると、大型、小型機六十機ほどが列線を敷いていた。

○一：四五。零戦に掩護された二十七機の一式陸攻が進入してきた。全機がいっせいに爆弾を投下、たちまちクラーク基地はもうもうと黒煙が立ち昇った。建物など大火災を起こしていた。その中から高射砲や対空機関砲弾が射ち上がってきた。それと共に爆撃から逃れた敵戦闘機が邀撃に上がってきた。

坂井一飛曹は地上銃撃に入ろうとして、後上方を振り返ったとき、太陽を背にして五機の敵戦闘機が迫っていたのである。

坂井一飛曹は列機にバンクで知らせて左に急旋回、スロットルレバーを全開にした。さらに敵機を追いつめた。操縦桿を左いっぱいに倒し、左フットバーを踏み込み、機首を左にひねった。敵機は大きく背中を見せた。距離三、四十メートル。坂井一飛曹はここで二十ミリと七・七ミリ機銃をブチ込んだ。敵機は煙も吹かずに落ちていった。米軍機の初撃墜であった。

ラバウル進出

昭和十七年三月の中旬ごろになると日本軍はジャワ本島を占領、南西方面の航空作戦は終了した。三月十九日、台南空零戦隊はボルネオ島のバリクパパンからジャワ海を越えてスラバヤ周辺に集結していた約五十機の敵戦闘機を潰滅させた。フィリピン、ボルネオ、セレベス、ジャワと各地に散っていった台南空の全機はバリ島に集まり、次の作戦命令を待つことになった。

それから数日後、新しい飛行隊長として中島正少佐が赴任し、新郷英城隊長は搭乗員たちの半数を引き連れて内地に帰還した。残った半数の搭乗員たちは、ニューブリテン島ラバウルへむかうことになった。坂井一飛曹もこのラバウル進出組であった。

約二週間を要してラバウルに到着した。ラバウル飛行場は、東西に走る一本の滑走路があるだけの粗末な飛行場であった。それでも、敵の要衝ポートモレスビー攻撃の準備は着々と進められていった。が、この作戦を成功させるには、ラバウルからでは遠すぎた。

そこで坂井一飛曹ら零戦隊はニューギニアのラエを前進基地として進出した。オーエンスタンレー山脈を越えると、もう敵地であった。ラエ基地に移ると連日、空戦のあけくれであった。撃墜しても撃墜しても敵機の数が減ることはなかった。彼らはつぎからつぎへと航空機の補充がつづいていたのである。

昭和十七年五月十七日のことであった。中島正飛行隊長ひきいる零戦十八機は今日もポートモレスビー攻撃のためラエ基地を出撃した。セブンマイル敵飛行場の上空に四千メートルの高度で進入した。だが、高射砲陣地からの砲撃もなく、邀撃にあがってくる敵戦闘機もいなかった。

そこでこの時に敵をアッと驚かすようなことをやろうと、前々から話し合っていた坂井一飛曹、西澤廣義一飛曹、太田敏夫一飛曹の三人は「できたら今日やるぞ」「よし、やろう」ということになり、坂井一飛曹はいきなり編隊を離れた。

そしてスピードをあげて飛んでいると、後方には二機の零戦の姿があった。坂井一飛曹はにやりと笑った。坂井機を真ん中にして左に西澤機、右に太田機がピタリと編隊を組んだ。

上空周辺に敵戦闘機がいないことをしっかり確かめたのち、二機を振り返って右手で大きく円をかいた。そして、セブンマイル飛行場目がけて機首を下げていった。二機もそれにつづいた。敵地上空での編隊宙返りをやりはじめたのだ。一回、二回、三回もやったのである。ところが、これに対して敵飛行場からは一発の

ラバウルに進出した台南空の搭乗員たち。後列右から坂井三郎一飛曹、笹井醇一中尉、高塚寅一飛曹長。前列右から西澤廣義一飛曹、太田敏夫一飛曹

高射砲も対空機関銃も射ってこなかった。

これで、いつ死んでもいい。三人は満足感いっぱいでラエ基地に帰投してきた。ただし、今回の出来事は三人だけの秘密とした。ところがとんでもないところから秘密はバレてしまった。数日後、ラエ基地に一通の果たし状が、空から投下されたのである。

「先日のわが基地上空での編隊宙返りのパイロットたちよ、われわれは大いに気に入った。今度来るときは、緑のマフラーを巻いて来られたい。われわれは、こぞってその英雄を歓迎するであろう」

このことをはじめて知った中島飛行隊長から、三人は大目玉をくらった。

右目を失明する

八月七日、米軍はガダルカナル島ルンガに上陸した。そこで長駆ラバウルから零戦十八機、一式陸攻二七機が、ガダルカナル島への爆撃にむかった。その途中で日米の激しい空戦が展開され、坂井一飛曹も三機を撃墜している。

だがその時、坂井一飛曹は米海軍のSBDドーントレス艦爆機との空戦で被弾、一発の機銃弾が右目上部から後頭部に入り右眼失明、負傷による鮮血で機内は真っ赤に染まっていた。

坂井一飛曹は、激痛、疲労、そして睡魔と闘いながら、ただひとり洋上を飛びつづけた。もうろうとしながら四時間四十七分の時間を要して、夕闇迫るラバウルに帰投してきた。その時、燃料はゼロであった。誰もが、坂井一飛曹は戦死したと思っていたところへの奇跡の生還であった。

斎藤司令に報告したあと、ラバウル海軍病院ですぐに手術を受けた。あちこちと十六針ほど縫った。右眼、顔、頭に弾丸の破片がくい込んでいたのだが、それをひとつずつすべて取り除くことはできなかった。(平成十二年、坂井氏が亡くなったあと荼毘に付されたとき、機銃弾の破片がでてきた。その破片は坂井家に大切に保管されている)。

坂井一飛曹の傷は思ったより重傷であった。軍医長が「眼は、私の手におえないな。ラバウルでの治療はとてもできない。しっかりした眼科医のいる日本に帰らんといかんな」といった。

だが、坂井一飛曹は、ラバウルでもこのくらいの傷なら治せるだろう。もし治せなくても、片眼でも戦うと主張した。

もし、飛べなくても、若い搭乗員たちに、空戦のやり方を教えることはできる――といい張った。これには上官の笹井中隊長や中島飛行隊長も根負けした。

さらばラバウル

ところが、八月十一日、台南空司令斎藤大佐が、病院にやってきた。

「坂井、きさまの気持はよくわかる。しかし、私はよくよく考えた結果、きさまに命令する。

横須賀海軍病院に入院するのだ。いいな。軍医長は、きさまの眼は横須賀病院の眼科の医者でないとだめだといっているんだぞ」さらに、

「傷が治ったら、またわれわれの所に帰ってきてもらいたい。もうこうなったら、あとのことなど心配しないことだ。みんなきさまの分までがんばってくれるだろう」

翌朝早く、坂井一飛曹は戦友たちに見送られながら波止場にむかった。ラバウル湾で待機している九七式飛行艇まで坂井一飛曹を運ぶランチが待っていた。ラバウルを去る日である。

波止場で中隊長の笹井醇一中尉は、自分が内地を発つとき、父親から贈られた虎の絵柄の銀のバックルをベルトから外すと、笹井一飛曹の手に握らせた。

「この銀のバックルはオレの親父がこの戦争がはじまったとき、特別にあつらえて、オレたち三人の軍人兄弟にくれたものだ。『虎は千里を行って千里を帰る』という意味だ。だからきさまも千里の彼方の内地で、眼を治してもういっぺんオレのところへ必ず戻って来い。いいか、待っているぞ」

坂井一飛曹はバックルを大事にポケットにしまってから、別れの挙手の礼をした。その顔には涙が光っていた。ランチは波止場を離れた。しばらくして坂井一飛曹が搭乗した九七式飛行艇はラバウルを後にした。そしてこの日が笹井中隊長との最後の別れとなった。（笹井中隊長は八月二十六日、ガダルカナル上空の空戦で壮烈な戦死を遂げたのである）

九七式飛行艇は、トラック環礁、サイパン島に立ち寄って三日目の夕刻、横浜の飛行艇基

地に到着した。坂井一飛曹は四年ぶりに日本本土の土を踏んだ。

横須賀海軍病院に入院すると、頭部の手術と眼科の手術が行なわれた。手術を行なった眼科医も軍医も手術は成功したと喜んでいた。しかし、入院二ヵ月たっても右の眼は見えなかった。その後、佐世保海軍病院に移され、新たな目の治療を受けた。まだ、右眼はダメであったが、顔の傷は消え、見た目には、健康な人となんら変わらなかった。

坂井一飛曹は眼科の医長に会って原隊に帰りたいと申し出ると、「とんでもないことだ。君はまだ、航空隊へ帰って働ける体ではない」と大反対された。がその夜、無断で病院を抜け出し、佐世保から上りの汽車に乗った。行く先は台南空が解隊され、部隊編成のため豊橋にいる航空隊である。そこにはかつての副長小園中佐が司令となっていた。

ここでもう一度、戦闘機乗りになるはずだったが、官報では大村海軍航空隊へと転属となっていた。そこでは教員という新しい任務が待っていたのである。

その後、大村から横須賀航空隊に配属となり、硫黄島へ進出することになった。

昭和十九年六月十六日の朝、坂井飛曹長（昭和十七年十月三十一日昇級）らは横須賀航空隊をあとにした。硫黄島には第一飛行場、第二飛行場があり、横空では第二飛行場を元山飛行場と呼んだ。

坂井少尉（八月一日昇進）は、そこで片目の搭乗員として空戦を体験した。

昭和二十年六月、横須賀航空隊に配属され、八月十五日の終戦を迎えている。九月五日、海軍中尉となる。——敵機の撃墜破六十四機であった。

「取り逃がした」敵輸送機の行方

ここで話を平成六（一九九四）年十一月二十五日の日本外国特派員協会の講演会に戻そう。多くの外国人記者たちが、かつてのエースパイロットの話を聞くため会場を埋め尽くしていた。

「皆さん、こんにちは。ただいまご紹介いただきました坂井三郎でございます。本日の昼食会に私ごとき者がお招きいただきまして、精鋭の皆さん方にお話しできます機会をいただきましたことを大変光栄に存じております。感激でございます」

各国の新聞・通信社の記者たちは、零戦でいかに活躍したかというエース坂井の話を待っていた。ところが、挨拶につづき語り始めた坂井氏の話は、記者たちの予想外の内容のものであった。

「私が見逃した輸送機が、その後、目的地に着いたのか、着かなかったのか。五十年以上にわたって、私の懸案になっています。八年前からは、カリフォルニア州に住んでいる友人の日系三世のアメリカ人ヘンリー・サカイダ氏（戦史研究家）に調査してもらっていますが、それでも、その消息がわかりません。ここにお集まりの各国の記者の皆さんに、是非ともご協力をお願いしたい」

エース坂井が話をこう結ぶと、心暖まる戦争秘話の余韻に浸りながら、各国の記者たちはいっせいに本国における関係者探しを始めた。しかし、五十年の歳月をへた今となっては、多分、困難だろうと思われた。

ところが、意外に反響は早かった。講演の翌々日、オランダの新聞社、オランダ大使館、オランダ外務省と、次々に連絡があった。

「該当する輸送機は、無事に目的地に到着し、乗客の中には現存者もいる」というのである。

これを聞いたエース坂井はこういった。

「そうか、敵ということで英語圏ばかりを探していたので分からなかったのか。そういえばあれは蘭印（オランダ領東インド＝現インドネシア）のボルネオ島の飛行場から出撃したときのことだったからな」

南方基地に列線をしく海軍戦闘機隊の零戦二一型

エース坂井の回想は昭和十七年二月二十五日にさかのぼる。〇九：〇〇、台南航空隊の零戦十八機（指揮官・新郷英城大尉）はジャワ島マラン飛行場に展開するオランダ軍東インド航空部隊を撃滅する目的で、バリクパパン飛行場を飛びたった。坂井一飛曹（当時）は、第一中隊第二小隊長として、この攻撃に参加した。

バリクパパン飛行場を離陸して二時間が過ぎ、十八機の零戦は高度四千メートルで進撃していった。坂井一飛曹は風防ごしに前後左右を念入りに警戒していると、味方編隊の左後方約三千メートル付近に、フロートを付けた複葉複座の連合軍の偵察機らしき機影を発見した。

坂井一飛曹は中隊長に手信号でこれを伝え、味方編隊を離れると単機で、敵機の攻撃にむかった。すると敵機は後席にある旋回機銃で応戦してきた。坂井一飛曹はここで二十ミリ機銃は後の空戦のために使わずに、七・七ミリ機銃を発射した。もちろん増槽（戦闘機は空戦の場合は切り離す）はつけたままである。七・七ミリ機銃弾は、二人の操縦員を貫いたらしく、敵機は大きく左に傾いたと見る間に、キリもみ状態になって落ちていった。

盛んに射弾を送ってきたとはいえ、この弱敵の撃墜は「後味が悪かった」と、エース坂井は今でも述懐する。すでに約三分が経過している。飛行時の三分は大変な時間的ロスである。大急ぎで本隊を追尾しなければならない。するとちょうどその時、誰よりも勝れていると自負していた敵機発見能力が、またもや獲物を発見してしまったのである。

「飛行高度二千メートルに上昇した瞬間でした。右前方四千メートルくらいの距離に、東方へむかって飛行する黒い機影を見つけました。しかし、それは逆光のためそう見えただけで、断雲を縫って見え隠れしていたんです」

坂井一飛曹は思った。このあたりに味方機はいないはずだ。戦闘機乗りの本能は、たちまち、この獲物へと愛機を急接近させた。近づいてみると大型の四発の輸送機だった。さらに接近してみると、窓越しに大勢の乗員が見える。つい数分前には、無力な水上偵察機、今度は敵機とはいえ、非武装のC－54型（DC－4旅客機の軍用型タイプ）の輸送機。この時、坂井一飛曹はなんとも奇妙な気持に襲われたという。ついでこう直感したのだ。

米ダグラス社製の大型輸送機C-54（DC-4旅客機の軍用型）

「この輸送機には、陥落直前のジャワからの脱出を図る要人（VIP）が乗っているはず。捕獲して、味方がいるバリクパパン飛行場に強制着陸させようと思いましてね。そのため誘導しようとしました」

そう思ってすぐさま、飛行帽姿のパイロットの顔が見える距離まで接近し、七・七ミリ機銃による威嚇射撃を行なった。しかし、その後、断雲を利用して必死に逃走しようとする輸送機を、不覚にも見失ってしまったというのである。

だが、ここで疑問が残る。日本海軍の搭乗員の中でもトップ・エースが、いかに全速とはいえ、はるかにスピードの劣る輸送機を取り逃がすことがあるのだろうか。上手の手から水が洩れるというようなことが、戦場でありうるのだろうか。真相は、やはり違ったのである。

輸送機の窓越しに見えた金髪の母娘

昭和二十五年ごろ、エース坂井が『坂井三郎空戦記録』（出版共同社）の執筆に取りかかった当時、日本全土は、戦勝連合軍の占領下にあった。GHQ／SCAP（連合国最高司令官総司令部）は、まだ執拗に元日本軍将兵の戦犯を追及していた。いうならば、占領軍は、生き残り日本兵を戦犯にするためなら、いかなる名目もつけることのできる時代であった。エース坂井は、自分のやった行為が占領軍に曲解されることを避けるため、あえて自分のミスと記述していたのである。

真実は戦後五十年近くも公表されることがなかった。しかし、乗客たち、特に一組の母娘の安否が、五十年にわたってエース坂井の脳裏を離れることはなかった。それが冒頭の「日本外国特派員協会」での発言となったのである。オランダ軍輸送機C－54追撃時の真相はどうであったのか——そこには意外な事実が隠されていたのである。

エース坂井に会敵時の「真実の回想」を語ってもらおう。

「敵機発見！　と同時に追跡をはじめまして、右後方から輸送機に接近しました。多数の乗客が搭乗しているのを確認しましてね。敵の要人を捕虜にしようとしたのも事実です。機銃による威嚇射撃だけでなく、ライフジャケットから南部式拳銃を引き抜いて、輸送機のパイロットに飛行方向を、銃口で指示しました。なにしろ輸送機との会敵がはじめてなら、操縦席に座った状態で拳銃を抜いたのもはじめてのことでした。まさに予想もしなかった事態の連続でした。

そのうえ、敵のパイロットは、オーバーブーストものかは、全速力を出しているうえ、なかなかいうことを聞きませんでした」

坂井一飛曹は輸送機の横にピタリと付きながら飛行をつづけた。その距離約二十メートルだった。戦闘機同士の空戦なら、とっくに増槽は切り離していなければならないが、相手が輸送機なので付けたままである。七〜八メートルまで接近し、楕円形の窓をみると中は満員のようであった。ほとんどが民間人の服装である。通路に立っている男性も数人いた。

坂井一飛曹は接敵行動をつづけながら、さらに輸送機内の様子をうかがっていた。すると右翼付根から五番目の窓ガラス越しに見た光景に大きな衝撃を受けた。それは、金髪《ブロンド》の若い母親らしき女性と、その胸に抱かれた金髪の二〜三歳の女の子の姿であった。悲しそうな顔で坂井一飛曹の方を向き、まるでお祈りをするかのように、両手を胸の前で合わせている二人の姿。その後方の窓にも母子らしき姿があった。

その金髪の母娘を空中で見た瞬間、坂井一飛曹の頭の中でオーバーラップしたある人の姿があった。まさか、あの人たちが、ここにいるわけがない。だが、坂井一飛曹が通っていた東京・港区にある青山学院中学部一年D組時代の英語教師マーティン先生の家族と見間違うばかりの姿がそこにあったのだ。

瞬時ではあったが、ヒアリング中心の授業、芝生のある洋館でおいしいアイスクリームを御馳走してくれたマーティン夫人。こういった平和な時代の日々が、坂井一飛曹の頭の中をよぎった。

この時、零戦本隊とは、かなり離れてしまっていた。決断の時である。これは射ってはならない。輸送機の右前方に出た坂井一飛曹は、パイロットに「行け！」と、右手で大きく合図した。

零戦に撃墜されることを覚悟していたオランダ軍の輸送機は脱兎のごとく雲間に消えていった。

「私が戦闘機搭乗員となって、輸送機との会敵は、最初にして最後のことでした。私は輸送機を見送った後、本隊を追尾しながら、自分以外の誰かが落とすだろうか。誰にも見つからないでくれよ、と念じましたね」

それから十分後、本隊に合流できた。高度五千メートルで、マランの敵飛行場上空に到達した。ここで高度十五メートルの超低空まで降りて、地上で列線を敷く敵機にたいして二十ミリ機銃弾を浴びせて、航空機数機も炎上させた。

やがて攻撃を終えてバリクパパンに帰投した。着陸後、新郷飛行隊長に「敵輸送機を取り逃がしました」と報告した。すると新郷隊長は、

「それにはきっと、敵の要人が乗っていただろう。いっそのこと落とせばよかったのに、惜しいことをしたなあ」

と残念がった。しかし、それは坂井一飛曹の心の中を読めなかっただけの指揮官の心情であった。

• *Sietske alias Hanneke Boissevain op een foto uit de oorlog.*

door Wim Kroese

BERGUM, dinsdag

Als de Japanse oorlogsvlieger Saburo Sakai (78) naar Nederland komt, kan hij de vrouw en dochter ontmoeten die hij tijdens een aanvalsvlucht op

エース坂井が見逃した輸送機の母娘の消息を報じたオランダの新聞

あの母娘は生きていた！

あれから五十三年の歳月が流れていた。エース坂井が虚偽の報告までして守った母娘はその後はどうなったのであろうか。

その後も世界大戦は続いており、生きているのか、すでに死亡しているのか――あの金髪の女の子も生きていれば、五十五～六歳くらいになっているだろう。母親も存命なら七十七か八歳ぐらいの歳かも知れない。

先に記したオランダの新聞が、そ

の消息を伝えてくれた。調査の対象となったその母娘は今も健在で、そのうえ坂井一飛曹と同じ世代と思われた金髪の母親の顔写真が掲載されていた。

「新聞に載っている女性の顔写真をみたとき、この人だ、とすぐにわかりました。輸送機の窓越しに見た印象があまりにも強烈でしたので、その面影が残っていましたね」

半世紀以上の歳月を越えた今も、その当時の印象を昨日あった出来事のように、エース坂井は回想する。ところが、どういった理由があったのか、その婦人の姓名は匿名となっていたのである。

「おそらく蘭印の陥落における戦場脱出時の順番のことなどがあるのではないでしょうか。誰よりも先に脱出できたということで、後ろめたいといったようなことですね。それに、ご主人はオランダ陸軍の将校で、捕虜となって東京・大田区大森にあった俘虜収容所（正式には『東京俘虜収容所本部』で、昭和十七年九月十二日、品川運河建設所品川俘虜収容所として開設された。九月二十五日、東京俘虜収容所と改称。翌昭和十八年七月二十日、大森区入新井町の東京第二埋め立て地に移転したあと終戦を迎えている）で亡くなられたそうです」

エース坂井はそう語ってくれた。そこで戦史をヒモ解いてみると、確かに当時、蘭印方面では、軍人だけではなく、普通に生活している民間人の多数が、日本軍の捕虜となっていたのである。そういった背景のもと、危険な状況での脱出飛行であったのであろう。オランダ国内にも、未だ第二次大戦の影を落としていると坂井氏は推測する。

また、オランダ大使館筋からの坂井氏への連絡によれば、「命の恩人に会ったら本名をあかすかも知れません」ということでもあった。

何はともあれ、仮名ではあるが、シッケ婦人（七十八歳）と報道されたその女性は、オランダのレーウルデンに在住しているという。彼女が蘭印を脱出したときの搭乗機は、オーストラリアへむかい、さらにアメリカ合衆国、そしてヨーロッパをめざし、スウェーデンをへてオランダに到着している。

ところが、その当時、オランダ本国はナチス・ドイツの占領下にあり、この大脱出行がいつ終わったのかは定かではない。夫人について、その他にわかっていることは、別名、ハネケ・ボイゼ・フェイントいう。

彼女の身辺でなにが起きていたのか。夫だけではなく二人の兄弟も、この第二次大戦で失っている。ちなみに脱出に利用した輸送機には、アメリカ人も乗っていたことが確認された。衆目の見る通り、米・蘭の要人が乗っていたのは事実であろう。また、それが、夫人のその後の人生に、なんらかの影響を与えたのかも知れない。

エースが語る「武士道」

いずれにせよ非武装とはいえ、敵輸送機を見逃すという重大な行為の裏には、もう一つメンタルな側面もあったのである。

「私は本来、禅宗に帰依しています。しかし、青山学院時代に、はじめて聖書を知った時のインパクトは強烈でした。キリスト教の是非ではなく、その内容、つまり優しさに打たれたのです。マーティン先生の力もあったと思います。私の心の中で、禅の厳しさに、キリスト教の優しさがミックスして、あの咄嗟の判断となったのでしょう。

それと私は佐賀県生まれです。佐賀藩の葉隠聞書で「武士道と云ふは、死ぬ事と見つけたり」というくだりがありますが、そういうことを子供のころから教えられておりまして、私の心のどこかに武士道の精神が生きているんですね。たとえ戦争中であろうとも〝丸腰の敵輸送機〟を射ち落とすことには、私なりの武士道が許さなかったのです」

戦闘機に搭乗して空戦という真剣勝負の修羅場を幾度もへていても、キリスト教の人間愛を忘れることはなかったのだという。信仰するしないではなく、宗教の偉大さに打たれていたというのである。エース坂井の知られざるバックボーンがここにあったのだ。

「日本外国特派員協会」での心温まるエース坂井の話を知った日本のあるテレビ局が、エース坂井とオランダ在住のシッケ夫人との感動的な対面を映像化しようと企画したが、シッケ夫人の都合で実現しなかった。第二次大戦の恩讐は今も生きつづけているのだろうか。もし二人の対面が実現したならば、殺す側と殺される側にあった五十年前の時空を越えて、まさにハッピーエンドになったはずである。

それはともかく、エース坂井に「もし、シッケ夫人と会うことが叶うとなったら、どんな言葉をかけますか」と聞いてみた。するとこんな答えが返ってきた。

「あの時は怖かったでしょう。生きた心地がしなかったでしょう」

この言葉にこそ、武人《もののふ》の心情がうかがい知れるではないか。

そして最後にこういい切った。

「たとえ輸送機といえども、あの時墜としていれば、確かに私の撃墜数は一機増えたでしょう。しかし、当時の大空のサムライ（筆者注：坂井三郎個人のことではない）は、民間人を乗せた輸送機に銃口を向け、射ち落とすようなことは絶対にしません。今でも、あの判断は正しかったと思っています」

＊

平成十二年九月二十二日、米海軍西太平洋艦隊航空群司令部の創設五十周年記念祝賀夕食会に招待されたエース坂井は、酒を飲まず、ステーキを半分以上平らげ、デザートのケーキなど、ディナーを楽しんでいた。

ところが、帰宅しようと出口まで歩いたとき「気分が悪くなった。少し眠ってもいいかな」と、東京巣鴨の自宅から同行した主治医の春山勝医師にいった。春山医師は、「どうぞごゆっくりお休みください」といって、ソファにエース坂井の体を横たえた。

が、それは悲劇のはじまりだった。春山医師が血圧を測定すると、血圧が低下していた。そこで救急車を呼び綾瀬厚生病院に緊急入院させたが、血圧以外に異常はなく、エース坂井の意識もはっきりしていた。ところが体の検査中に心肺停止となり、死亡が確認された。二三：五〇であった。「撃墜王は畳の上では死ねない」というジンクスは、平成の時代にも生きていたのである。静かに生涯を閉じた。享年八十四。

〈月刊『丸』平成七年年四月号〈潮書房〉所収「オランダからとどいた〝エース坂井〟への50余年目の礼状」に加筆、改題〉

第五話
行方不明のクルーを探し続ける米軍爆撃機乗員の長い旅路

米陸軍時代のJ.L.ホルギンさん

【証言者】

Josef L. Holguin

J.L.ホルギン

当時、B-17爆撃機航法士・元米陸軍少尉

ラバウル空襲に参加したB‐17

昭和六十三（一九八八）年三月三十日、首都圏のあたり一面は数十年ぶりという季節はずれの銀世界となっていた。この日、ロサンゼルスから成田の東京国際空港にひとりのアメリカ人が降りたった。彼の名前はＪＯＳＥＦ・Ｌ・ＨＯＬＧＵＩＮという。このホルギン元米陸軍少尉を出迎えたのは、これまで親交のあった当時日米文化交流協会の会長であった吉田次郎氏である。吉田次郎氏はその他にも「零戦搭乗員会の事務局長」という肩書も持つ、元日本海軍の零戦搭乗員でもある。

明けて四月一日、ジョセフ・Ｌ・ホルギン元少尉と吉田次郎氏は、零戦のエースとしてアメリカでも著名な坂井三郎氏宅を訪れた。東京都豊島区巣鴨にある坂井氏宅には、坂井元中尉の他に、元ラバウル〝月光隊のエース〟としてその名が知られていた海軍第二五一航空隊所属の小野了元中尉と元陸軍の憲兵隊員松本寅太郎准尉が待ちうけていた。

ホルギン元少尉がなぜ、ロサンゼルスからはるばる坂井宅を訪ねてきたのか——それを語るためには、昭和十七（一九四二）年にまで歴史の歯車を戻さなければならない。

オーストラリアの北、ニューギニアの東部に位置するニューブリテン島にあるラバウル。ここに日本海軍の航空部隊が進出してきたのが昭和十七年一月のことであった。その目的は、米英豪といった連合軍が反攻してくるのは確実で、それをくいとめるためには、南方の要衝をあらかじめ手中におさめておく必要があった。しかし、日本陸軍は要衝といってもあまりにも僻地すぎるのでこれには反対だったが、日本海軍はラバウルを占領した。ここを攻略したのは、太平洋上の海軍の最大拠点となるトラック環礁の防衛にはどうしてもラバウルが必要だったからである。

米重爆撃機ボーイングB-17フライングフォートレス

いっぽう、米豪連合軍は、このラバウル飛行場を攻撃するため、ニューギニアのポートモレスビーにジャクソン基地を建設した。ここに、米本土から米陸軍第五空軍の航空部隊が移駐してきた。その航空部隊の中に第四十三爆撃航空団が展開していた。作戦に使用する爆撃機は、ボーイングＢ－17フライングフォートレス重爆撃機四個飛行隊（一個飛行隊は十二機で編成）とコンソリデーテッドＢ－24リベレーター重爆撃機四個飛行隊、それに予備機をふくめて約百機の爆撃機が配備されたのである。そして、そこを基点として連日のように、日本軍の南東方面最大のニューブリテン島ラバウル飛行場の攻撃を行なっていた。

昭和十八（一九四三）年六月二十六日午前二時ごろ、Ｂ－

17三機とB－24一機がジャクソン基地を離陸していった。攻撃目標は、もちろんラバウルの日本軍飛行場である。その爆撃機の中に、機首にNaughty But Niceの英文字とノーズアートと呼ばれるヌード娘が描かれたB－17一機がふくまれていた。その機体にホルギン少尉をふくめて十人が搭乗していた。

「ジャップの野郎め！　ひと泡吹かせてやるぞ」

とみなが思っていた。

「なにしろ、そのころの私は年齢が若かったし、やる気も人一倍ありました。その当時、私のフライト時間はすでに三百時間をこえていました。今でも当時のことを私が自慢に思うのは、日本の輸送船二隻を沈め、駆逐艦五隻を撃沈したことです。さらにゼロファイター（零戦）も五機墜としているんです。自慢話になるので、自分の口からいうのはちょっぴりくすぐったい感じもするが、一時は爆撃手の全米チャンピオンにもなったことがあります。だから意気軒昂でしたね」

乗機空中爆発

ポートモレスビーとラバウル間は直線距離で約四百マイル（約七百四十キロメートル）あり、スピードの遅い爆撃機では三時間の飛行を要した。B－17、B－24の四機編隊は、暗闇の中に沈むジャングルの上空を飛行していた。搭乗している爆撃機のエンジンの音が響くだけの全く平穏な爆撃行であった。

ホルギン少尉はB－17の機体の中心部に設置されているナビゲーター席にすわっていた。ジャクソン基地を離陸して、ちょうど一時間半が過ぎようとしていた。

そのとき突然、まったく突然に暗黒の空に閃いた一閃光とともに、搭乗機が爆発したのである。ホルギン少尉は夢中で機外に飛び出したという。より吹き飛ばされた。しかし、パラシュートは背中に背負っていたので、あわてることはなかった。自分に落ちつけ、落ちつけといい聞かせながら降下していった。

B-17爆撃機 “Naughty But Nice” に乗り組んで日本軍のラバウル基地爆撃に向かったホルギン少尉らクルー

高空にいる時はパラシュートを開いてはいけないことは訓練時に教えられていたので、開傘せずに降下していった。高度八百メートルくらいのところで、リップコードを強く引いた。するとパラシュートが開き、これで助かったと思った。しかし、真っ暗な空中で他のクルーたちは一体どうしているのか。みな無事脱出できたのだろうか。

それにしてもなぜ空中爆発したのか。いろんな疑問がわいてきた。きっと日本軍の地上砲火にでもやられたのかも知れない。そう思いながら、おのれの命をパラシュートに託して空中を舞っていた。

「話は前後しますが、われわれをふくめまして、連合軍側はそれから約十ヵ月間も日本軍による地上砲火にやられたと思っていました。ところが、当時、日本海軍には夜間戦闘機の『月光』というのがあって、連合軍側の爆撃機の下にピタリとくっつき、斜銃で攻撃をする戦術をとっていたのですね。そんなことを知らないわれわれは、日本の戦闘機らしきものを視認していないし、空戦もやっていないので、日本軍の戦闘機にやられたとは誰も信じていませんでした」

無風状態だったのでパラシュート降下は順調にいった。しばらくして、ホルギン少尉はジャングルの立木に叩きつけられたが、パラシュートごと葉っぱに引っかかった。そして落下したので、ショックは少なかった。

「私は地上でパラシュートの縛帯をとき、これは奇跡だと思いましたね。樹木の根っこにアゴを打ちつけて怪我をしたため、血が流れでていました。手でさわってみると、そう深い傷でもなさそうでしたので、パラシュートの布の部分を切り裂いて止血しました。そして心が落ち着くと、私は今このジャングルの中で最初に何をしなければならないかと考えました。そうだ、私が搭乗していた機体とクルーを探そう。どこかにクルーが私と同じように生きているかも知れないと思い、ジャングルの中に生えているツルや草木に足をとられながら歩き回りました。

その日は食事どころか水ひとしずくも口にすることなく全くの徒労に終わりました。そして次の日、ついに見つけました。そこにはジャングルの木々をなぎ倒すようにして、私の搭乗機がバラバラの状態で横たわっておりました。息を切らしてそばに寄ってみるとそれでも機体の中心部はそのままでした。ウィンフリン少尉、ピアッティ少尉、ペイ軍曹、ガリエル軍曹、ガリア軍曹ら五名が機内で、すでに息絶えていました。しかし、不思議なことに機体周辺のあらゆる所を探してみたんですが、残り四人の姿が見当たらないのでした。どうしたんだろう。私のように無事脱出できたのだろうかと思ってみました。とりあえず、私は機内からスコップ状のものを取り出し、土のやわらかそうな所に穴を掘り、五人の遺体を埋葬しました。これには二日かかりました。作業の途中で、機内のどこかに航空糧食があるはずだと思って機体の残骸を整理していると、見つかりました。さらに飲料水も側にありました。封を切るのももどかしく航空糧食を取り出して口に入れると、やっと人心地がつきました。まだ生きているんだと思いました」

ホルギン少尉は、埋葬した五人の戦友に別れを告げ、行方不明になっている四人のクルーを探すことにした。ひょっとすると、パラシュート降下したあと日本軍に連れ去られた可能性もあると思い、機体の墜落現場近くを流れている川を下っていった。何故川をくだったのか。下流に行けばその先に海があり、海に辿りつけばきっと助かると思ったからだ。B－17

によるラバウルの日本軍基地爆撃行で、上空から何回も見た地形の記憶を頼りに川を下っていった。

しかし、パラシュート降下した時は、アゴの出血だけと思っていたが、それはその時の緊張感で痛みを感じなかっただけで、四日目になると打撲のために体のあちこちが痛み、歩くことも思うようにならなくなった。それでも川の水を手で掬って飲み、樹木の根っこを掘って昆虫の幼虫を捕らえて食し、木の実を食べた。爆撃機内に常備されている「サバイバル・マニュアル」を持ち出せなかったが、これまでの経験から、食することができるものか、できないものかの区別はできた。

日本軍の捕虜に——親切だった憲兵

いつになったら海へ出るのか、川ぞいにジャングルの中を歩いた。毎日が夢も希望もない孤独感を背にしての一人旅だった。自分の行く手にいったい何が待ち受けているのか。自分は助かるのだろうか。そんな漠然とした不安がないわけではなかったが、なんとしても生きなければと、自分自身に声をかけた。さすらいの一人旅をつづけて二十七日目、ついに広い草原にでた。太陽の光がまぶしかったが、ジャングルからの開放感がたまらなくうれしかった。ところが、その安堵感と疲労でぐったりとして草むらの上で、つい寝入ってしまった。

それからどのくらいの時間が過ぎていたのか。夢を見ているような不思議な思いで目を開けると、褐色の肌をしたハダカの男たちが数人、ホルギン少尉をとり巻いて顔をのぞき込んでいた。

一ヵ月ぶりに人間に出会った。しかも、白人でも黄色人種でもない、はじめて見る人種であった。

「ウェア・イズ・ヒア？」

第六野戦憲兵隊ラバウル憲兵分遣隊。前列右から二人目が分遣隊長の松本寅太郎准尉。ラバウルでは連合軍捕虜を丁重に扱った

とホルギン少尉は声をかけてみたが、言葉は全く通じなかった。これは後でわかったことであるが、彼らはカナカ（筆者注：メラネシア、ポリネシア、ミクロネシアの住民の総称として使われる）人だった。カナカ人たちは「この近くにイギリス人のドクターがいるので、そこで手当をしてもらったら……」というようなことをいってホルギン少尉を手づくりの担架に乗せて運んでくれた。

「イギリス人のドクターのところへ連れてゆくというのはウソでした。彼らに運ばれていった場所は、なんと日本軍の前線本部だったのです。今村均陸軍大将率いる第八方面軍の根拠地だったんですね。場所はニューブリテン島のブナカナウというところでした。

そこで、日本軍の軍医が私にたいして応急処置をしてくれまして、そこから約八十キロメートル離れたラバウル捕虜収容所に入ることになりました。そこの所長が、いまここにいらっしゃる日本陸軍第六野戦憲兵隊ラバウル憲兵分遣隊長の松本寅太郎准尉でした。とても騎士道的で、敵国の私にも非常にやさしく親切な方でした」

「戦後、われわれ憲兵は悪の権化のようにいわれましたが、ホルギン氏がいうように捕虜は不公平なく丁重に扱いましたよ。憲兵の中にたまに悪い奴がいたかも知れませんが、それはごく一部です」と、松本寅太郎元准尉は話をついだ。

昭和十八年の夏ごろになると、米豪連合軍によるラバウル方面の爆撃も激しくなってきた。七十名ほどいた米軍捕虜が収容されている収容所も爆撃され、四十名が爆死した。ホルギン少尉もいつ友軍機による爆撃にあうかもわからない毎日だった。

「そんな時でした。コーネル・キクチ（筆者注：陸士二十六期の菊池覚大佐）がわれわれのところを訪れて、安全な捕虜収容所を作ってくれた。このことを忘れることは一度もなかった」

終戦後、戦犯として菊池大佐らが連合軍に尋問されていることを知ったホルギン少尉は、当時の米将兵の捕虜の扱いがいかによかったかを説明し、その憲兵たちの氏名をリストアップしてワシントン政府に送った。それらが認められたこともあり、外地の日本憲兵隊長で死刑を免れたのは菊池大佐だけである。

やがて戦争は終わった。昭和二十（一九四五）年九月二日から三日にかけて、ホルギン少尉らアメリ軍捕虜たちの身柄は、現地の憲兵隊本部に引き渡された。その時、日本の拾円札で千五百円が手渡された。

九月七日、米海軍の輸送艦がシンプソン湾（ラバウル港）に入港してきた。いよいよ生きてアメリカ本国に帰国できることにホルギン少尉は小躍りしたい気持だった。輸送艦に乗艦する前、日本軍憲兵隊は、ホルギン少尉らアメリカ軍捕虜たちに捧げ銃《つつ》の最高儀礼をもって、別れを告げた。なんという武士道的な行為だろうと、ホルギン少尉は大いなる感銘を受けた。

「かつての敵とこのような別離の時がくるなんて夢想だにしていませんでした。憎悪と恨みだけが残るものと思っていましたからね。私にとっては感動的な別れでした。戦友の中には涙を流している兵士もいました」

執念の捜索

あれから二十数年の歳月は音もなく忘却の彼方へと押し流されていった。しかし、ホルギン元少尉の心の中には、撃墜されて行方不明となった四名のクルーのことが、片時も離れることはなかった。なんとかしなければと思いアメリカ政府に陳情した。そして、一九八〇

（昭和五十五）年にホルギン元少尉の願いがやっと認められて、ホルギン元少尉と一緒にアメリカ政府の担当官が、ニューブリテン島に渡り、ジャングルの中を探索しつづけた。

「探索の三日目だったと思いますが、記憶にある場所を確認しました。さっそく、みんなで私が埋葬した五人が眠っている土を掘りこしてみると、遺体はそのままありました。墜落した乗機のB－17は朽ち果てていましたが、まだ航空機としての面影がありました。特にノーズに描かれたヌード娘はそのままでしてね。イヤむしろ色っぽくさえなっていましたね」

アメリカ政府から派遣された担当官たちが必死になってジャングルの中を探索したものの、結局、四人のクルーの遺骨を発見することはできなかった。もうなす術はなかった。しかし、どうしても手がかりをつかみたいというホルギン元少尉の思いはつのるばかりであった。

「私は今、カリフォルニア州ロサンゼルス近郊にあるハイスクールの副校長をしています。今年で六十七歳（一九八八年当時）になっております。もうそうは長く生きられないという思いです。私が生きているうちに、戦友の最後を知りたいのです。そのために、ニッポンにやってきたのです。

ニッポン以外で私は八方手をつくして、やるだけのことはやりました。後は、ニッポン人のどなたかが、クルー四名の骨を埋めたとか、捕虜にしたとか、処刑したとか、どんな小さなことでもいいですから、ご存じの方がおられたらお知らせ戴きたいと、一縷の望みをもってニッポンを訪れたのです。

ミスター・サカイ宅では、われわれと戦ったミスター・オノ（筆者注：小野了中尉）とも会うことができました。私は彼に私の機体をターゲットとして撃墜しなかったかとたずねました」

これにたいして、小野元中尉はこのように答えている。

「そのころのラバウルからの出撃は、ほとんどが黎明攻撃だったので、はっきりと敵機の機

ホルギン少尉が乗るB-17の機首に描かれたヌード娘の絵

1980年、墜落現場でヌード娘と再会したホルギン元少尉

体ナンバーを確認したことはなかった。たしかに私はB－17を撃墜しているが、それがあなたたちの搭乗機であったかどうか私にはわからない」

「ミスター・オノ」こと小野了上飛曹（当時の階級）は、昭和十三年七月十八日、中国・南昌攻撃で中国空軍の飛行場に着陸して建物などを焼き払ったあと、空戦で二機を撃墜するという殊勲をあげている。その年十一月本土に帰還、大村航空隊、宇佐航空隊を経て、十七年二月横須賀航空隊に転属した。ここで夜間戦闘機「月光」の実用実験をすることとなった。四月には台南航空隊に赴任、航空隊とともにラバウルに進出しているが、十一月本土に帰還した。

その後、昭和十八（一九四三）年五月、小園安名司令ひきいる第二五一航空隊（台南航空隊を改称）とともにふたたびラバウルの土を踏んだ。彼に与えられた搭乗機は、二式陸上偵察機であった。ところが、この機には米大型機を邀撃するために、常識では考えられない強力兵器が装備された。小園司令が発案したものであった。

それは二式陸偵の後部胴体上部に、約三十度の角度をつけて斜め上方にむけて二十ミリ機銃二梃、胴体下部には、旋回しながら海上の艦船を機銃掃射できるように、首尾線より少し斜め前下方に向けて二十ミリ機銃を装備したのである。その後、下方二十ミリ機銃は機体バランスの関係から首尾線方向にあらためられた。

この斜銃つき二式陸偵はその後の活躍によって、夜間戦闘機「月光」の名称があたえられた。昭和十八年六月のはじめ「敵爆撃機、モレスビーを発進」の報をうけた小野上飛曹は、偵察員の浜野善作中尉を後席に乗せ、米爆撃機邀撃のため離陸していった。シンプソン湾上空の哨戒飛行をつづけていると、米陸軍のコンソリデーテッドB－24リベレーターの編隊に会敵した。地上から照射する友軍の探照灯（サーチライト）が、B－24爆撃機の機影を捉えた。すると、それに合わせるかのように高射砲弾が夜空に炸裂した。

行方不明クルーの調査に来日したホルギン元少尉と協力者。左から坂井三郎さん、ホルギンさん、筆者、吉田次郎さん

小野上飛曹は一番機に照準を合わせると、探照灯の照射範囲の外側から、忍び寄っていった。そしてB－24の胴体下に、自らの機体をすべり込ませた。操縦席から手をのばせばそのままB－24に届きそうな距離であった。ここで小野上飛曹は二十ミリ斜め銃を発射した。パッとオレンジ色の炎がB－24の機体をつつんだ。そしてそのままあっという間もなく落ちていった。この日の戦果は、二機撃墜というものであった。

それから五日後、小野上飛曹は今度はB－17爆撃機二機を撃墜するという戦果をあげたが、ホルギン元少尉のいう六月二十六日には出撃していない。

「ミスター・オノの言葉に期待していただけに、ちょっとガックリです。それでもミスター・オノは当時の模様を思い出すままに、真実を語ってくれました。私との会話がかみ合わなかったことを冷静に考えてみると、ミスター・オノが出撃した日と私らの搭乗機が撃墜された日は違うという結論に達しました。残念ですが、これも仕方のないことです」

結局、せっかくアメリカからやってきたのに、何の手がかりも得られないまま、ホルギン元少尉はカリフォルニア州に帰国することになった。

戦後四十五年間も戦友を探しつづけるホルギン元少尉のひたむきさと戦友愛に心を打たれた。

＊

ホルギン元少尉。アメリカ人としては小柄な体。度の強い眼鏡の奥にある瞳はやさしく光っていた。戦後は米空軍に入隊し、少佐で退役している。ハイスクールの副校長ということであったが、教育者らしい風格を持っていた。アメリカ政府を動かして、戦友たちの遺骨探しを行なっている姿に、執念のようなものを感じずにはいられなかった。

（昭和六十三年、インタビュー）

第六話

四十六年目の奇蹟——「戦死」した搭乗員は生きていた！

【証言者】

伊藤　務

当時、台南空戦闘機隊・元海軍二等飛行兵曹

台南空ラバウル進出

昭和十六年十月一日、台湾の台南で編成された台南航空隊（司令・斎藤正久大佐）は、零戦が主体でその他に九六式艦上戦闘機、九八式陸上偵察機など約六十機を保有していた。搭乗員は約八十名ほどであった。

十二月八日、日米開戦の日未明、台南飛行場を出撃する予定であった台南航空隊は、濃霧に飛行場全体が覆われ、離陸することができなかった。仕方なく霧が晴れるのを待つことになった。そうこうしているうちに、ハワイの真珠湾攻撃へむかっていた南雲機動部隊から「ハワイ攻撃成功」の無電がここ台南航空隊司令部にも届いた。

台南空司令の斎藤正久大佐は、ハワイ攻撃組に先を越されて少しあせっていた。日の出時刻もすぎて、霧も少しずつ薄らいできた一〇：〇〇ころ、やっと全機が発進していった。台南空の指揮所では、斎藤司令以下残留組は待つこと数時間、一式陸攻隊から無電で「予定の目標に全弾命中、帰途につく」という連絡が入った。単座戦闘機の零戦が一千キロの長距離を進攻したということは、まさに世界戦史上未曾有のことであった。このとき米軍は日本機は空母から発艦してきたのだろうと推測した。しばらくして台南空零戦隊が台南飛行場につぎつぎと帰還してきた。彼らは搭乗機をおりると歩いて司令の待つ指揮所へむかった。この日の戦果は台南空だけで撃墜十五機、地上機を銃撃により炎上させたもの二十一機、破壊五

昭和17年8月4日、ラバウルで撮影された台南空幹部と搭乗員。4列目右から6人目が伊藤務二飛曹。2列目右から7人目が司令・斎藤正久大佐

機であった。いっぽう、台南空の被害は未帰還機が五機で、被弾したものは九機であった。

その後も連日攻撃を行ない、数日にしてフィリピンの制空権は日本が握り、十二月十二日にはマニラの東方海岸のレガスピーを地上軍が攻略した。さらに二十五日にはホロ島を攻略し、台南空としては、飛行隊の一部を分派して南進作戦を有利にしていった。さらに南方の制空権を獲得して、十七年三月上旬にはジャワ島まで攻略することができた。台南空はジャワ島の東隣バリ島へ移り、そこで第二段作戦の準備を整えて四月上旬、はるか東方のニューブリテン島ラバウル飛行場に進出するよう上級司令部から命ぜられた。このときのメンバーに海軍兵学校を卒業したばかりの若き中隊長・山口馨中尉、ベテランの搭乗員伊藤務二飛曹もいた。

台南航空隊搭乗員を乗せた貨物船「小牧丸」は、約二週間後の四月十六日、シンプソン湾（ラバウル港）に入港している。

ポートモレスビー攻撃

ラバウルでは陸海軍の航空部隊が自由に活動するために、つぎつぎと飛行場が整備されていった。これにより、ニューギニア東部南岸の要衝ポートモレスビー攻略作戦が実現できるまでになった。しかし、この作戦を成功させるためには、ニューギニアに在留する米豪空軍と地上部隊を撃滅することが重要であった。そのためにはラバウルに駐留する台南航空隊の一部をポートモレスビーの反対側にあるラエ飛行場に進出させる必要があった。四月二十五日、坂井三郎一飛曹も第三小隊長としてラエ飛行場へむかった

五月一日、ラエ飛行場に翼を揃えた台南航空隊第二中隊は、中隊長笹井醇一中尉ひきいる九機の零戦が、ポートモレスビーへの強行偵察をかねて先制攻撃をかけることになった。この時、邀撃にあがってきた米陸軍戦闘機P－39エアラコブラ数機と会敵、たちまち空戦となり、二機のP－39戦闘機を撃墜する戦果をあげている。

このことにより、なるべく早くポートモレスビーを攻略するための作戦が練られた。そして五月十七日、台南航空隊は、飛行隊長中島正少佐以下、次のようなメンバーが選ばれてポートモレスビー攻撃にむかうことになった。

飛行隊長兼第一中隊指揮官　中島正少佐
二番機　西澤廣義一飛曹
三番機　羽藤一志三飛曹
第二小隊長　山口　馨中尉
二番機　伊藤務二飛曹
三番機　新井正美三飛曹
第三小隊長　吉野　俐飛曹長
二番機　山崎市郎平二飛曹
三番機　山本健一郎一飛
第二中隊　山下政雄大尉
二番機　太田敏夫一飛曹
三番機　本吉義雄一飛
第二小隊長　笹井醇一中尉
二番機　米川正吉三飛曹
三番機　水津三夫一飛
第三小隊長　坂井三郎一飛曹

二番機　熊谷賢一二飛曹
三番機　日高武一郎一飛

以上十八機からなる零戦隊である。前日飛んだ偵察機の情報によると、オーストラリア方面から航空部隊による増援部隊が続々とやってきており、さらに洋上では軍事物資を積載した輸送船団がポートモレスビーに入港しているという。

〇八：〇〇直前に、中島正飛行隊長を先頭に台南空零戦隊は、ラエ飛行場をつぎつぎと離陸していった。いっぽう、地上爆撃を行なうためラバウルのブナカナウ飛行場を発進した二十七機の一式陸上攻撃機は、そのまま編隊飛行でポートモレスビーをめざした。

〇八：三〇すぎ、ワードフンド上空で、台南空零戦隊と一式陸上攻撃機は空中集合し、一式陸攻隊をかこむようにして、零戦隊は掩護のフォーメーションをとった。しかし、行けども行けども密雲がとぎれることはなかった。これでは地上の目標が確認できない。ここで一式陸攻隊は、ポートモレスビー爆撃を断念し、ラバウルに帰投することになった。

伊藤二飛曹自爆

しかし、台南空零戦隊は、せっかくここまでやってきたのだから、超低空でポートモレスビーの地上攻撃を行なって帰投することを中島飛行隊長は決定した。そのため、密雲の中をひたすらポートモレスビー上空をめざした。しばらく進空していくと、雲の中からいきなりクマンバチの群れのような米豪空軍の戦闘機があらわれた。ベルＰ－39エアラコブラの十六機であった。互いに空戦態勢に入る。パッパッとオレンジ色の曳光弾が飛び交う。すぐさま反転をうつ零戦。黒煙を曳きながら落ちてゆくＰ－39エアラコブラ戦闘機。大空における乱戦であった。

空戦はおそらく数十分は要しただろう。その後は何事もなかったように、もとの静けさにつつまれていた。中島飛行隊長のもと台南空零戦隊はフォーメーションをたて直して、ふたたびポートモレスビー攻撃にむかった。やがてポートモレスビー上空に入ると、地上からオーストラリア陸軍の第一〇一独立沿岸砲大隊の対空砲が情容赦なく射ち上げられてくる。台南空零戦隊はそれをかわしながら地上掃射を行なった。機銃弾がオレンジ色の炎を曳きながら地上に吸い込まれてゆく。

そのとき、第一中隊第二小隊の二番機である伊藤務二飛曹が搭乗する零戦二一型が、米豪軍の対空砲によってエンジン部付近に被弾した。伊藤機は白煙を曳きながらしだいに高度が下がりはじめた。伊藤二飛曹は、もうダメだと観念したのか、帰投につこうとしていた愛機を反転させ、ポートモレスビーに突っ込んで自爆しようと決心したと思われる。

しかし、機はさらに高度が下がりはじめ、オーエンスタンレー山脈の中腹あたりに吸い込まれるようにして、ジャングルの中に姿を消した。（後日談になるが、平成十七年七月、アメリカ人の太平洋戦争研究家であるジャステン・タイラン氏が、オーエンスタンレー山脈周辺をヘリコプターで飛んでいると、伊藤機らしき零戦を発見した。両翼は損失していたが、胴体と押し曲がった尾翼が残っており、キャノピーも吹っ飛んですでになかった、と「丸」平成二十二年二月号「零戦と私」に記している）

五月十七日の台南航空隊の公式文書『飛行機隊編制調書』いわゆる『戦闘詳報』を見てみると、「編隊戦果」として「撃墜六機」と記されている。そして消耗兵器の項には、十八機の合計で機銃弾六千二十発を消耗したと記録されている。また、被害のところには「三飛曹羽藤一志被弾2　中尉山口馨自爆　二飛曹伊藤務自爆　三飛曹新井正美被弾1　二飛曹山崎市郎平被弾1　二飛曹熊谷賢一引返ス」となっている。

そして『戦闘詳報』の末尾には、「山本健一郎一飛　撃墜P－39五機、山下政雄大尉　不確実一機、撃墜三機」と記されている。

これがこの日の台南航空隊の戦果である。

ただ偶然だろうが、この日のポートモレスビー攻撃で狙われたのは、第一中隊第二小隊で山口馨中尉と二番機のベテラン搭乗員・伊藤務二飛曹が自爆しており、さらに三番機の新井正美三飛曹も被弾しているのだ。なぜこの小隊だけが悪魔に魅入られたように被害を出したのだろうか。

一つだけいえることは、山口中尉は海兵六十七期で、第三中隊長の笹井醇一中尉と同期である。空戦経験がほとんどなく、まだ空戦場の様子がのみ込めていなかったのではないかと思われる。

いずれにしろ、山口中尉と伊藤二飛曹は自爆して果てた。そのとき、山口馨中尉の自爆の状況をつぶさに見ていた坂井三郎元中尉は、その著書『大空のサムライ』（光人社刊）に山口中尉の自爆の模様を次のように記している

《五月十七日のことだった。やはりモレスビー攻撃の帰途であった。零戦隊は、目前にせまったスタンレーを越えるために、徐々に高度を上げていった。脚下は、山麓地帯を埋める樹海である。その果てしない深緑の樹海を見渡すともなく見ていたら、ふと、私の目が一機の飛行機をとらえた。私の機の右下、高度は五百メートルくらい、私たちと同じ方向にゆっくり飛んでいる。そしてその機は、まぎれもなく零戦である。

単機でこういうところを飛んでいるのは、飛行機が被弾しているか、搭乗員が負傷しているか、いずれにしてもよくない状態にあることは間違いない。

私はスロットル・レバーをしぼるようにして、徐々に速力を落としながら、その零戦のそばへ寄っていった。もちろんこの傷ついた味方機が、敵機に喰われないように四方八方に気をくばりながら……。そしてこの零戦に寄りそい、彼と編隊を組もうと思うのだが、できるだけエンジンをしぼって速力を落としても、その零戦の速力はさらに遅く、編隊が組めない。

飛行機隊編制調書　所轄 臺南航空隊　（行動番號 17.5.17—　）　戰闘種別 空戰

實施年月日	任務	備考
昭和17年5月17日	モレスビー—攻撃	統指揮官　大隊長　中隊長　小隊長　機長

編制

大隊	中隊	小隊	機番號	機種	主副 操縦	主副 偵察	先次 電信員	先次 搭發員	消耗兵器	被害	効果	記事
	1	1	1		[redacted]佐 中島正				機銃彈 6020	無		
			2		一飛曹 西沢廣義					無		
			3		三飛曹 羽藤一志					被彈 2		
		2	1		[redacted]尉 山口馨	自爆				自爆		
			2		二飛曹 伊藤務	自爆				自爆		
			3		二飛曹 新井正美					被彈 1		
		3	1		[redacted]長 吉野俐					無		
			2		一飛曹 山崎市郎平					被彈 1		
			3		一飛 山本健一郎					無		撃墜P-39 五機
		1	1		[redacted] 山下政雄					無		不確実一機 東飛P-39 三機
			2		一飛曹 太田敏夫					無		
			3		一飛 本吉義雄					無		

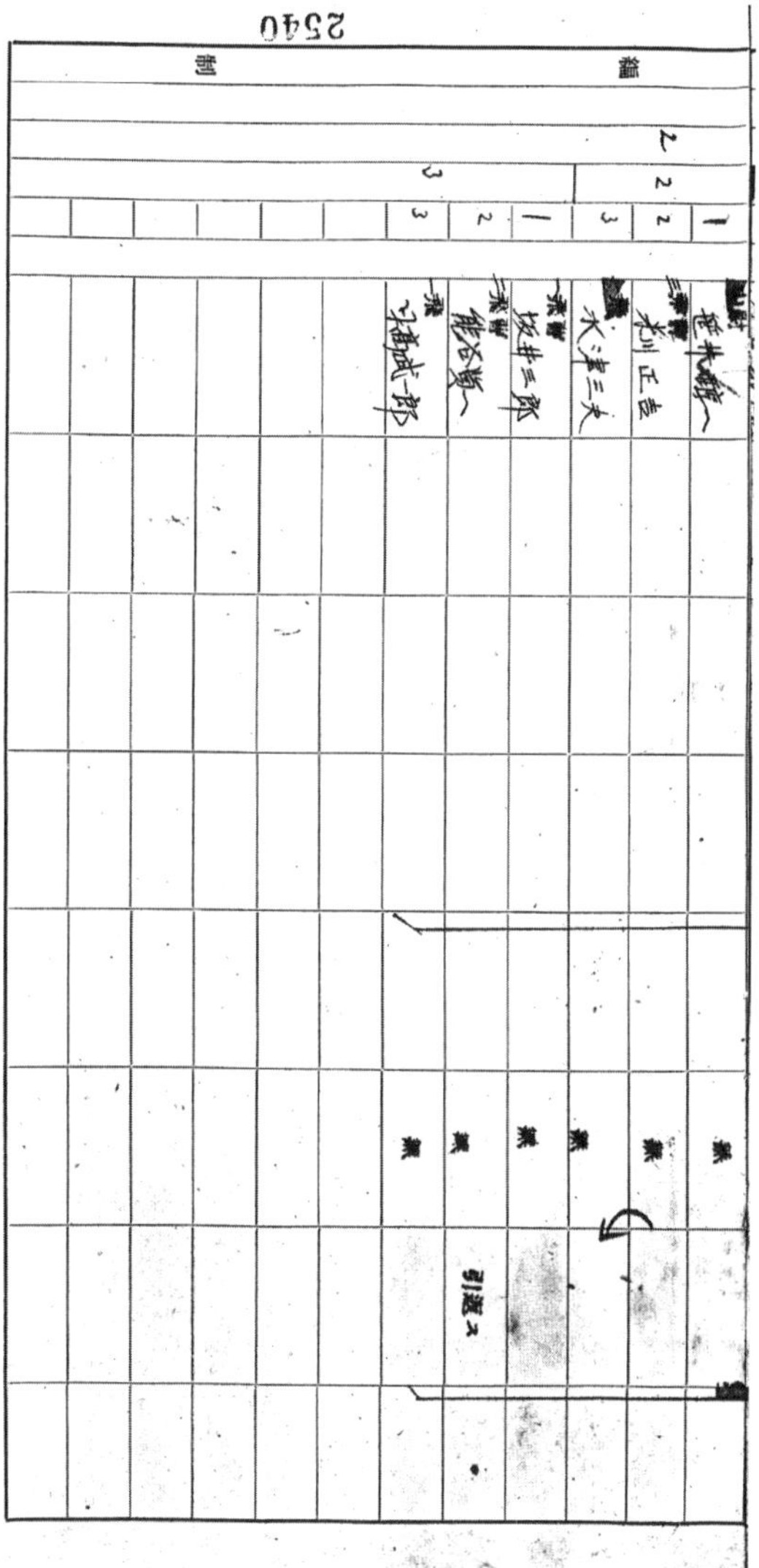

台南空の「飛行機隊編制調書」昭和17年5月17日の項。山口馨中尉と伊藤務二飛曹が「自爆」となっている

仕方がないので、私は思いっきり大きく左へ反転して、その飛行機の後ろに回った。もうポートモレスビーからは相当距離が離れているので、敵機の追ってくる公算は少ないと判断したので、私はその飛行機にぐっと近寄っていった。

見たところ燃料を噴いているようすもないのだが、速力がきわめて遅い。ほとんどフラフラになって飛んでいる。

私は列機を上にやって、私だけが近寄っていったが、いくら速力を落としても、なお前へのめるので、やむをえず着陸の前のようにフラップをおろして速力を落とし、たがいに翼がふれあうばかりに近接して雁行した。

すると、その飛行機の風防がひらいて、若い搭乗員が顔を出した。見ると山口中尉である。

山口中尉は、最近われわれの戦列に参加したばかりの、新参の搭乗員である。ものをいえば聞こえそうな距離でおたがいに顔を見合わせながら、言葉で意思を通じ合えないというのは、何というもどかしさだろう。

「どうしましたあっ」と聞く意味で、私は耳に手を当てて首をかしげてみせる。その身振りの言葉がすぐに通じて山口中尉はエンジンを指さしながら、「これがやられて、もうだめだ」とこれも身振りで答える。そのためであろう。山口中尉機の速力は百ノットも出ていない、ほとんど失速寸前の状態で飛行をつづけている。いま落ちるか、いつ落ちるか気が気でないが、どうすることもできない。ただオロオロと心配しながら、そばに寄って飛んでいってあげる以外に、なにも手はない。

そうこうしているうちに、空戦をすまして同じく帰投の途についた友軍機が、各方面から集まってきて、やはり山口中尉機を見つけつぎからつぎと心配して、まわりに集まってきた。その数は七、八機にも達した。そして山口中尉のまわりをぐるぐる回りながら、風防をあけて手まねや大声で、「頑張れ、頑張れ」と励ましている。

とにかく、スタンレー山脈をなんとかして越さなければならない。だが、この失速の飛行機をどうやって越させたらいいのだろう。私は思い悩むのだが、いい知恵も出ない。それでも三分か四分くらいは飛んでいた。しかし、もういよいよ山の斜面が眼前に迫ってきた。

この山脈を越えるためには、ここらで徐々に機首をあげなければならない。山口中尉も、必死になって上昇したいのだが、なにぶんにも速力がでないのでどうにもならない。といって、私たちもこのまま飛んでいるわけにもいかない。そのとき山口中尉は、決然とした顔をして、私たちを見た。そして何か手振りを示した。「駄目だ。自分は敵地に引き返して自爆する。諸君は自分にかまわずいってくれ。友情に感謝する」

その手振りは、こう言っているのである。》

食料投下も空しく

オーエンスタンレー山脈の上空は雲ひとつなく、さきほどまで空戦が行なわれていたことがウソのように静まり返っていた。台南空の零戦隊は、ラエ飛行場へむけて飛行をつづけた。

やがてラエにたどりつき、今日の戦果報告のため指揮所へむかう搭乗員たち。

そのとき、搭乗員の誰かが、「今日の山口中尉が落ちていった場所を確認した方がいいのでは」と提案した。搭乗員たちは僚機が墜落したのを目撃すると、航空地図にその地点を書き入れる。ただ誰もが山口中尉の三番機伊藤二飛曹のことは知らなかった。搭乗員たちが確認した山口中尉の墜落地点はほぼ一致していた。そこで笹井中隊長にそのことを述べると、笹井中隊長は今日の戦闘の結果を飛行隊長に報告した。

いっぽう、坂井一飛曹らは、山口機はゆっくりとまるでジャングルに吸い込まれるように落ちていったので、地上で生存しているかも知れないということを意見具申し、急きょ食料投下することを申し入れた。

この願いが聞き入れられて、笹井中隊長と坂井小隊長は、ふたたび零戦に飛び乗った。あるいは伊藤二飛曹も生きているかも知れないのだ。

搭乗機には乾麺麭、ビスケットといった食料のほかに繃帯、医療具、水筒（これは真水）、煙草などを投下用に梱包したのが積み込まれた。そして記憶と地図をたしかめながら、たぶんこの付近であろうと思われるところを何度も旋回して、ジャングルの上へ食料などを投下した。

台南空はポートモレスビー攻略のあと、ガダルカナル島奪還作戦に総力を注いでいたが、昭和十八年十一月一日付で部隊名が二五一航空隊となり、斎藤司令以下台南空の半分は内地への帰還が命ぜられ、輸送船「加茂川丸」によって本国へ帰還することになった。

斎藤司令のメモによると、米・豪軍に対して与えた損害は撃墜、炎上、撃破など合計（一部不確実のものをふくむ）すれば約八百機におよんだという。

いっぽう、台南航空隊の人的被害はつぎのようであった。

空戦での戦死者　七十四名
地上戦死　七十八名
戦病死　四名
航空機の被害
損失　百十機
大破　六十二機

もちろん、山口馨中尉、伊藤務二飛曹も「空戦での戦死者」に含まれていた。

四十六年目の衝撃――「伊藤は生きている！」

それから四十六年、半世紀にもなろうとする昭和六十三年十一月の半ばごろ、坂井三郎氏宅へ一本の電話がかかってきた。後輩の元零戦パイロット佐々木原正夫氏からである。

「私の同期（甲種飛行予科練習生第四期生）の伊藤務が、坂井さんもご存知のようにポートモレスビー攻撃に参加しましたですよね。その時、敵の対空砲によって被弾し、オーエンスタンレー山脈へ激突して戦死したことになっておりますよね。ところが、驚いたことに日本に帰国して四国で生きていることがわかったのです。人づての話によると、オーエンスタンレーの山中に突っ込んだあと、なんとか生きのび、原住民に助けられたあと数週間ほど、集落で過ごしたのちに、友軍を求めて山中をひとりで移動したというんです。

ところが、その当時敵味方ははっきりしていまして、伊藤が日本兵であることははっきりしているわけですから、オーストラリア軍に報告され、彼は捕虜の身となったのです。

そして昭和二十年八月十五日、日本が敗戦を認めたあと、昭和二十一年の春頃、日本に帰国していたことがわかったのです。しかし、そのことはほとんど〝秘密〟の世界でした。

ところが、五体満足ならそれでもよかったことです。しかし、伊藤は不時着したときの打撲で負傷しており、それは生涯治るものではないというのです。今でも不自由な身体で生活をしているそうです。そのため、傷痍恩給をもらう手続きをしましたが、それは認められませんでした。何度も申請してみたそうですが、それを証明するものがないということで受付けてもらえないそうです。というのはあの空戦を証明する人がいないのです。

そこで、坂井先輩は、先任搭乗員として一緒におられ、伊藤が空戦でジャングルに消えた状況をご存知なので、ひとつ厚生省（現・厚生労働省）のいう現認証明書を書いていただけないでしょうか」というものであった。

坂井元中尉にとってなんと衝撃的な内容の電話であったことか。戦死したはずの戦友が生きているというのだ。坂井元中尉はあまりの唐突さにしばし絶句した。世の中には神様しかご存じないことがあるものだと坂井元中尉は思った。

佐々木原氏からの電話を切ったあと、坂井元中尉は、自宅に保管している台南航空隊の戦闘日誌をくった。

「十七年五月十七日、モレスビー偵察攻撃（半田ｆｃ×６）撃墜×４」と書かれたところに「自爆＝本多敏秋」とあり、そのちょっと下に「自爆＝山口、伊藤」と記されている。坂井メモでも間違いなく伊藤二飛曹は戦死したことになっているのだ。

佐々木原氏から伊藤務氏の電話番号を知らされた坂井元中尉は、数日後、四十六年前に戦死したはずの伊藤宅へ電話を入れた。

「あなたは零戦搭乗員として立派に戦いましたよ。捕虜になったことを決して恥じることはありません。いまあなたが行政のカベにぶち当たっている傷痍恩給の現認証明書は、必ず書いてあげるが、なにしろ役所相手の仕事だから粘り強くやりなさい」

と励ましている。

さて、なぜ伊藤務氏が奇跡の生還をしていたことが判明したのだろうか。

話は坂井元中尉が電話を受ける十年前にさかのぼる。日米安全保障条約の賛否をめぐって日本中が大きく揺れ動いていた昭和三十五年五月のことであった。甲種飛行予科練習生（四期生）の神田元少尉の兄から、同期生の林正一氏のところへつぎのようなお願いの電話があった。

「あなたもご存知のように戦死した弟の墓を建ててやりたいのですが、ついては墓碑銘を墓石に入れるのに、私の方に名案がないのです。そこで、なんとか手助けをしていただけないでしょうか」

当時、林氏は陸上自衛隊の市ヶ谷駐屯地（現在の防衛省所在地）に勤務しており、同じ敷地内に防衛庁戦史室があったので、こころよく引き受けた。しかし、どこの部隊に所属していたかがわからないので、零戦隊の戦闘詳報をかたっぱしから調べていった。すると、神田氏の名前こそ見つからなかったが、同期の戦闘機乗りとなった戦友たちの名前がつぎからつぎと出てきた。

その中に伊藤務二飛曹の名前もあった。そして、『台南空戦闘機隊戦闘詳報』の五月十七日のところに、「伊藤務二飛曹　白煙をひいて自爆」とあった。林氏は、伊藤二飛曹はこの日に戦死したことを知った。肝心の神田氏の名前はついに見つけることができなかったが、同期生の中で戦闘機乗りになったものは二十一人で、そのうち二十人が戦死していることがわかった。生きているのは佐々木原正夫元少尉ただひとりだけである。

そうこうしているうちに、昭和四十年代に入り、戦後も二十数年が音もなく過ぎ去ろうとしていた。昭和四十三年になって、生きている同期生たちの手で、甲飛会の戦没者の名簿づくりをやろうという話がもち上がった。地の利をいかせる林氏が、戦没者の戦死状況を調べはじめた。厚生省（現厚労省）第二復員局にいって、戦没者の名前を引き写した。もちろん、伊藤務二飛曹の名前もあった。ところが、なぜか「戦死」となっているところに、赤線二本が引いてあった。それは「生存」を意味していた。

「伊藤が生きている！」

林氏は自分の心臓の鼓動がはげしく高鳴るのを覚えた。戦死したはずの同期生が生きているのだ。その日のうちに、この事実は他の同期生たちに連絡された。そして、林氏は伊藤務氏の出身地である愛媛県西条市の市役所へ往復ハガキで問い合わせてみた。やがて市役所から伊藤氏の現住所を書いたハガキが届いた。

林氏はさっそく、伊藤氏（現姓・一色）宛てに手紙をしたためた。すると、本人から「生きて帰ってきた」という返事が届いた。夢ではない。本当に生きていたのだ。

帰国までの空白の四年半に何が

それから数年後、生還していた伊藤氏を囲んで、甲飛四期生たちのクラス会が石川県能登半島のあるホテルで開かれた。

同期生たちの目は奇跡の生還をした伊藤氏にそそがれた。出席者のだれもが、不時着したあと、日本に帰国するまでの空白の四年半を知りたがった。しかし伊藤氏は、心を許した同期生たちにさえ、多くを語ろうとはしなかった。

空白の四年半をなんとかして知りたいと、私は台南空時代の先任搭乗員である坂井三郎氏を通じて、手記をお願いした。すると「書いてもよい」との返事をもらったので、その確認をとろうと、電話を入れたところ、どういう心境の変化があったのか、

「いまさら、過去のことをいっても仕方がない。もうすべては終わったこと。書く気はありません。どうか、そっとしておいて下さい」

の一点張りであった。

しかし、電話による問い合わせと同期生たちから聞いた話によると、およそつぎのようなことが明らかになってきた。

ポートモレスビー攻撃の帰途、飛行場周辺に配備されたオーストラリア軍第一〇一独立沿岸砲大隊の対空砲による砲弾がエンジン部分に命中した。このままではラエ飛行場まで帰投できないと判断した伊藤二飛曹は、自爆しようと引き返した。ところが、機が被弾しているため思うように航空機は飛んでくれず、オーエンスタンレー山脈の中腹に突っ込んでしまった。

機は大破し、伊藤二飛曹自身も体をしたたかに打った。鎖骨が折れていた。それでもなんとかはいずり回るようにして、そばにあった小屋へ倒れ込んだ。それは原住民の小屋であっ

た。三日ほどしてその小屋の主があらわれ、救出された。原住民の集落に数週間留まったのち、原住民にお礼をいうと友軍部隊を探し求めて集落を後にした。ところが、七月二日、オーストラリア陸軍の偵察将校と遭遇、その時点で捕虜となった。ポートモレスビーまで連行され、そこで輸送船に乗せられて、オーストラリア本土のタウンスビルへ送られた。そこからは陸路と鉄道輸送となり、シドニーからゴールボンをへてカウラ第十二捕虜収容所に収容された。

この捕虜収容所で、昭和二十年八月十五日の終戦を迎えている。そして二十一年春、生まれ故郷である四国愛媛の懐しい我が家に帰ってみると、戦死公報の「伊藤務戦死」により、真新しい自分の墓が建てられていた。なんという運命のいたずらだろう。両親も兄弟も伊藤二飛曹の生きている姿を見たとき、にわかに信じられない表情であった。数年も会ってなかったこともあり、容姿があまりにも違っていたからだ。しかし、よく見ると間違いなく幽霊でも幻でもなかった。両親にとってはまさに実の子供であった。だが、この話が世間に大きく伝わることはなかった。なぜなら伊藤二飛曹が捕虜の身であったからである。

伊藤務二飛曹は、大正九年愛媛県西条市生まれ。甲種飛行予科練習生第四期生として昭和十四年四月一日、霞ヶ浦海軍航空隊に入隊している。そこで約一年半ほどパイロットとしての訓練を受け、昭和十五年九月末に卒業したあと、そのまま同じ茨城にある谷田部航空隊に移っている。

その後、大分航空隊で専修練習生となり、昭和十六年九月十六日に卒業すると実施部隊配備となった。最初は空母「飛龍」の戦闘機搭乗員となって、ハワイの真珠湾攻撃に参加している。昭和十六年十二月二十九日「飛龍」は呉に帰投した。そのあと、出水航空隊、そして台南航空隊配属となってラバウルに進出している。

甲種飛行予科練習生の第四期生は二百五十六名が入隊している。卒業と同時に水上偵察機乗り、戦闘機乗り、艦上爆撃機乗りとそれぞれの道へ別れていった。この二百五十六名のうち、昭和四十三年現在でご存命なのは二十名であった。

戦闘機の搭乗員は、撃墜機数十二機を誇る佐々木原正夫氏と伊藤務氏の二人だけである。この期の前後の搭乗員たちが、いかに戦争で損耗していったことか。損耗率はなんと約九五パーセントである。

佐々木原正夫氏は、伊藤務氏と同じ分隊で過ごした戦友である。伊藤氏についてこう語ってくれた。

「予科練時代、谷田部空時代ずっと一緒でしたが、彼は非常に口の重い寡黙な男でしたよ。とくにこれといったエピソードもありませんね。私は昭和十八年二月母艦（「瑞鶴」）搭乗員としてラバウルへ進出したんですが、そのとき、同期生五人と会って、いろいろ楽しい語らいの場をもったんです。話題の中で、たしか伊藤もラバウルにいたのになあ、あいつも戦死しちゃって……と語りあったものでした」

だが、戦死したはずの伊藤二飛曹はそのころオーストラリアのカウラ収容所で、捕虜の身となって生きていたのである。戦後、捕虜生活から解放されると、ひっそりと帰国して、隠遁生活を送っていたのだ。彼の捕虜生活は戦友にも親兄弟にも決して語られることはなかったのである。

〈月刊『丸』昭和六十三年四月号〈潮書房〉所収「ソロモン上空で〝戦死〟した台南空エースは生きていた！」に加筆、改題〉

第七話
帝都防空に奮戦した二四四戦隊「とっぷぷう」隊長のB-29邀撃戦

陸軍時代、不時着で負傷した竹田五郎さん

【証言者】
竹田五郎
当時、第二四四戦隊第二飛行隊長・元陸軍大尉

陸軍飛行第二四四戦隊

「私が調布にある二四四戦隊に着任したのは、昭和十九年（一九四四）七月のことでした。その頃といえば、南方の戦況が悪化し、特に戦闘機パイロットの損耗が著しかったのです。その補充のため、十八年の秋ごろより、他分科（重・軽爆撃機および偵察機）の少佐級から私たち五十五期（当時中尉）までを対象に、戦闘機パイロットへの転科がはかられ、明野陸軍飛行学校に特別課程が新設されました。

それまで私は、飛行第九十戦隊（九九式双発軽爆撃機を装備）の軽爆乗りとして中国大陸を転戦中でしたが、十八年十二月に入校しました。

そして翌年の三月に卒業すると、さらに防空戦闘を主として教育する常陸飛行学校甲種課程を履修し、ただちに二四四戦隊に赴任、第一飛行隊付を命ぜられました」

竹田五郎大尉が着任した陸軍飛行第二四四戦隊の装備機は、三式戦闘機「飛燕」一型約四十機であった。

昭和十九年三月、B－29戦略爆撃機による本土空襲の近いことが予測されたので、陸軍では東部、中部、西部各地で防空部隊を再編・強化することとなり、二四四戦隊は新編された第十飛行師団隷下に入った。この飛行師団は主に関東、北陸地域の防空を担っていたが、特に皇居直掩を最優先に、帝都防空を命ぜられていた。

十一月二十四日、B－29が高々度で飛来し、初めて東京に本格的な爆撃を行なった。第十飛行師団（飛行第四十七、第五十三、第二四四の三個戦隊からなる）の各戦隊は全力を挙げて邀撃、五機を撃墜したが、攻撃位置までたどり着いたのは数機で二四四戦隊の戦果は一機のみであった。

B-29の撃墜マークが描かれた三式戦闘機「飛燕」のコクピットに座る飛行第二四四戦隊の戦隊長・小林照彦大尉

この結果、戦闘機の高々度での性能低下を補うため、装備された防弾鋼板を撤去、さらに四門の砲と弾薬を半減し、機体の軽量化を徹底した。

二十八日付で藤田隆戦隊長の後任として、竹田大尉と同じく軽爆出身で、明野教導飛行師団にいた小林照彦大尉が任命された。弱冠二十六歳で戦隊長となった小林大尉は、陸軍戦闘隊では一番若い戦隊長であった。小林戦隊長の着任と同時に戦隊幹部のメンバーも一新され、竹田大尉は第二飛行隊「とっぷう」の隊長に任命された。

当時、無線連絡などのため、二四四戦隊の各飛行隊には、次のような呼出符号が決められていたのである。

戦隊長「たかね」（高嶺）

第一飛行隊「そよかぜ」(微風)
第二飛行隊「とっぷう」(突風)
第三飛行隊「みかづき」(三日月)

〝見敵必殺〟の邀撃戦

十二月三日、大挙襲来したB－29に対し、初めて編隊による邀撃が成功する。六機を撃墜、二機を撃破。驚くことに二四四戦隊の四宮中尉、板垣伍長、中野伍長らはB－29に体当たりした後、奇跡的に生還した。そしてこの日以降、本土防空戦は激化の一途を辿ることとなる。

「B－29の大編隊が名古屋付近にも来襲するようになり、これを邀撃するため、東京との中間地点の浜松に、私たちは浜松派遣隊として進出しました。

二十年一月三日のことです。午後二時頃、B－29九十機ほどが大阪、名古屋を空襲しましてね。その日、戦隊長は所用で東京へ出張中でした。私はたまたま司令部で雑談していたのですが『潮岬南方八十キロ、五目標北進』という情報が入りました。ところが中部軍所属の第十一飛行師団隷下の戦隊はすぐに出動したのですが、我が第十飛行師団司令部からは何の命令も出ないんです。

しかし、命令を待っていたのでは時機を失しますからね。

独断で出撃を命じました。

渥美半島上空で待機していたところ、目標を発見しました。B－29は名古屋上空での邀撃で相当打撃を受けたらしく、編隊が乱れていました。

私は八千メートルくらいで右前方に南下する一機を発見し、すぐにレバーを全開、その前方を遮るように接近しました。B－29は私の乗機よりもやや低いところにいて、攻撃には有利でした。距離にして一千メートルくらいでしたか、B－29は緩やかに右旋回を始めました。コイツを逃がしてなるものかと接近し右旋回しながら全弾を撃ち込むと、B－29は左翼から黒煙を噴きはじめ、真っ青な海に急降下していきました」

日本本土空襲に向かう米B-29爆撃機の編隊

この日の戦果は五機撃墜、七機撃破となっている。後日、この戦闘行動に対して、東部軍司令官から賞状が授与された。

「賞状といってもねえ。確かその文面には『独断よく部隊を指揮し……』とあったように思いますが、それほど深刻に熟慮して飛び上がったのではありません。戦隊長が常に力説されていた『見敵必殺』をそのまま行なっただけというのが真相で、照れくさい受賞ではありました。

今思い出しても、ほとんどの場合『あがれ！』と命令は出しても、映画や小説のように隊長機を先頭に二番機、三番機が編隊を組んで、秩序正しく離陸してゆくのではなく、各自がバラバラに愛機に飛び乗り、単機で離陸し、空中待機空域に向かいました。通常、高々度邀撃は編隊を組んでの攻撃など無理で、自分のそばにだれが飛んでいるかもわからずに戦っていたのです」

この日の邀撃戦を小林戦隊長は日誌に次のように記している。

《一月三日

敵機、中京地区に来襲。余は用務に依り、調布に飛来しありしため、戦斗せず。残念なりき。

部隊の戦果。撃墜五、撃破七、損害無し。新年を飾る大戦果なり。

先任飛行隊長、竹田大尉に表彰状授与さる。愉快なりき》

超空の要塞B－29

四月に入ると二四四戦隊は再び調布に戻り帝都防空任務に復帰した。そして迎えた七日、B－29九十機がP－51戦闘機三十機の掩護の下に、初めて戦爆連合で東京を空襲した。三月

飛行第二四四戦隊の三式戦闘機「飛燕」

下旬に硫黄島へＰ－51百二十機が進出していると報告されていたので、遅かれ早かれ敵の来襲は予測されていた。

以下、その時の邀撃の様子を竹田隊長の手記から見てみよう。

《「七時五十分。八丈島上空を大型機編隊北上中、とっぷう出動」

拡声器を通じて、中野中尉の落ち着いた声が、ピスト（待機所）中に響きわたる。急いで飛行帽をかぶり、腕を大きく回しながら「ペラまわせ！」と駆け出した。

すると列線の飛燕に向かって、整備員もクモの子を散らすように走る。また起動車が砂煙をたてて走る。やがて列線の飛燕全機のプロペラがうなりだした。

私もすばやく愛機に飛び乗り、整備員たちの祈るような眼差しを背中いっぱいに受けて、地上滑走をはじめ、数分後には、レバーを全開にし、朝露に濡れた大地を蹴って大空に舞い上がった。「とっぷう、とっぷう。こちら、たかね。カラカサ八千、高ゲタはけ」

戦隊長からの指令が、レシーバーを通じて流れてくる。

この無線指令は、機密保持のため隠語を使っていたのである。そしてこの指令の意味は「第二飛行隊長へ、戦隊長から、高度八千メートルに上昇待機せよ」である。

高度五千メートル、寒気がつま先から這い上がってくるようだ。この寒気をふせぐため、飛行服の電熱スイッチを入れ、風防を閉めた。酸素マスクもOK。今日も高空は西風が強いのか、機は少しも進まない。うっかり旋回でもしようものなら、いっぺんに銚子あたりまで流されてしまう。針路を二百七十度にとり、富士山の頂上を目標に、ただまっしぐらに上昇すればよいのだ。やがて八千メートル、静かに水平飛行に移った。この高度になると、西関東一帯はすっぽり翼の下にかくれ、伊豆半島の突端がかすかに翼端にかかって見える。計器速度は二百キロを指針しているが、操舵反応も悪く、また舵の効きがにぶい。まるで紺青の空にフワリと浮かんだ感じである。僚機も遅れており孤独感に陥りそうだ。

「八時五十分、くじら三十、三宅島上空旋回中」

と、無電が入った。くじらとは、B－29のことである》（「丸」昭和四十四年七月号より）

これまで何度も邀撃のため飛び上がった竹田隊長だったが、なかなか会敵できず、焦りもあったという。

「敵は焦らし作戦をとったのだろうか？　それともP－51との戦爆連合の作戦なのかと、考え込みましてね。地図を取り出して三宅島からの距離を測り、長時間の高々度飛行のためにぶくなりかけた頭で、到着時間を計算してみました。その所要時間は約四十分、到着は九時三十分以後と推測され、ちょっと心配なのが残燃料のことでした。

いったん着陸して燃料補給を行ない、第二波を狙うか、それともこのまま待つか判断に迷いました。しかし、着陸して敵を逃したのでは残念どころの話ではなくなりますので、とにかく燃料の続く限り待機して、攻撃しようと決心しました。

やがて待つこと数十分、富士山南方にキラリと光ったような感じがしたので、目を皿のようにして索敵していますと、突然黒いコブシ大の斑点が見えました。友軍高射砲の射弾です。なおよく見てみますと、地平線上のその間隙にキラキラ光るウスバカゲロウのような群れが動いています。『ついに来たんだ、B－29のヤツが!』と思うと俄然、闘志がわいてきました。

『くじら発見、とっぷう』と無線で報告後、レバーを全開にして接敵に移りました。

それにしても今日のB－29は、ちょっと様子が変だなと思いましたね。というのも推定高度が六～七千メートルくらいで、バカに低い高度が気になりました」

またたく間に彼我の距離はグングン狭まってくる。特徴のあるグーンと張った翼、敵ながらスマートな胴と垂直尾翼は、まぎれもなくB－29であった。その数も一、二、三……全部で九機。わがもの顔で日本の空を蹂躙しようとする巨人機を前にして、今日こそ目にもの見せてくれんと、遅れ気味の最左翼機に目標を決める。攻撃のため右前方へ降下しながら敵の進路上を交叉し、目標を右下方に見て占位した。

その時、ふと竹田隊長の脳裡をよぎったものがある。

「いつもの高度八千に比べ、なぜ低いのか？……そうか、P－51がいるのだな！」

もう一度、上方をよく索敵すると、確かに左上方に、小型機数機が上空掩護しているではないか。竹田隊長の操縦桿を握る手が思わず固くなる。

P－51は相手にせず、あくまで今日の獲物は、憎いB－29だ。間合いはまさに絶好――。さらに突進、照準器にその巨体をとらえながら追随する。いつもの高々度邀撃と違って高度が低めなので十分な速度が保て、愛機も安定している。

三千、二千、一千……照準はしっかりと標的機の第三エンジンをとらえて離さない。ともすれば照準が後ろにズレがちになるのを精いっぱい修正しながら、神に祈るような気持で引鉄を引く。敵も先刻から激しく応射している。

だが、B－29の機銃位置に浮かぶ夏ミカンのような発砲炎も、火箭となって左右に流れてくる機銃弾も、今は視界に入らない。見えるのはただ敵機の第三エンジンだけ――。

「この間数秒でしたが、『しめた！』と思いましたね。敵機エンジンの後部から黒煙が噴出したんです。『バンザイ！』と叫びたいほどでした。その一瞬、機を左に滑らせて急降下に移ると、高度計がグルグル回り、速度が加速されていきます。

遠心力に耐えながら、上昇旋回して、直掩のP－51が追尾攻撃に入ろうとするのを振り切りました。もう燃料が残っていなかったので、とどめの一撃は思いとどまりました」

はるかに銚子方向に逃走する編隊群の中に、先ほど攻撃した一機が遅れているのを確認した竹田隊長は、後を『そよかぜ』隊に任せ、後続する敵機の来襲に備え、一刻も早く調布飛行場に帰投することにした。機首を反転すれば、調布はすぐそこにあった。

日本の空を守れ！

昭和二十年五月十二日、飛行第二四四戦隊は第十飛行師団を離れ、沖縄戦参加のため第三十戦闘飛行集団の隷下に入った。戦闘機は三式戦「飛燕」から新鋭の五式戦に改編されている。そして十七日、三十五機でもって調布飛行場を後にした。

出発に先立ち、杉山第一総軍司令官から十五日付で、昨年秋から今年にかけての奮戦に対し、部隊感状が授与された。感状にはこれまでの戦隊総合戦果は、撃墜八十四機、撃破九十四機となっている。

大刀洗を経て二十日、二四四戦隊主力は知覧飛行場へ到着。その任務は、南九州防空及び特別攻撃隊の直掩であった。

そして沖縄特攻作戦が一段落したところで、本土決戦に備えるため第十一飛行師団へと編入され、二四四戦隊は七月初旬、滋賀県八日市飛行場へ転進を命じられる。十六日、訓練中の第一飛行隊（そよかぜ）の二機がP－51と空戦、生野文介隊長が負傷して落下傘降下し、戸井曹長は未帰還となった。

その後、二四四戦隊には第十一飛行師団司令部から戦力温存のため「出動禁止」令が出されたので、連日のように本土上空で乱舞する敵機を眺めながら、出動できない悔しさと憤懣がウズ巻いていた。そこで竹田隊長は他の飛行隊長と協議のうえ、小林戦隊長にあることを提案した。

「明早朝、戦闘訓練ということで部隊を飛ばせたいのですがと、具申したのです。すると戦隊長も、待ってましたとばかりに『全然同意。明朝は戦闘訓練』と言ってくれました。要は、訓練の名目で出撃してしまおうということです。実際、八日市はいつ空襲されてもおかしくない状況でしたからね。

七月二十五日は早朝から準備万端でした。『敵機接近』の情報により、五時五十分頃だったと思いますが、朝靄をついて戦隊長を先頭に離陸しましてね。飛行場上空で二十数機が編隊を組みました。各飛行隊は、高度差一千メートルをとって重層に配置し、私の『とっぷう』隊は最上層で、上空掩護をやることになりました。八日市飛行場上空周辺で戦闘隊形訓練を行なって数十分ほど経ったころでしたね、急に下の編隊群の動きがあわただしくなりました。無線は通じませんでしたが、何が起こったのかすぐにわかりました。

低空で進入してきた敵F6Fの十数機が、我々が上空で待機していることに気づかないまま、八日市飛行場に銃撃を加え始めたのです。小林戦隊長は直ちにこれを攻撃、各隊も相次いで上空から有利な態勢で攻撃を始めました。そして彼我入り乱れての空戦となったのです」

竹田隊長は、右前下方で離脱を図ろうとしている一機を発見し、速度を増しながら左後方についた。敵機は全く気付いていなかった。千載一遇のチャンスである。射距離百メートルから機首を狙って機関砲を発射した。二、三十発も撃ったとき、機関砲が突然止まった。故障である。

昭和20年7月25日、滋賀・八日市飛行場の二四四戦隊に届けられた恩賜の酒を手にする竹田隊長と「とっぷう」隊隊員

竹田隊長は、手ごたえは十分と思いながらも戦果確認のため、左に急上昇しつつ後方を見た。だが、そこにはいつの間に忍び寄ったのか別のＦ６Ｆが竹田機を狙っていたのである。

竹田機の翼端を、数条の火箭が突き抜けていくと同時に、風防の左側がはずれて頭部に当たった。『やられたな』と竹田隊長は思った。とにかく、急上昇を続けた。Ｆ６Ｆは追いつけず。失速し降下していった。

「大変な時に機関砲は故障し、風防は左手で支えないと左右にバタバタして、いまにも吹っ飛びそうでした。後速度を落として、どうにか八日市に着陸しました。後でわかったのですが、この日の戦果は撃墜破十以上でしたね」

しかし、この日の邀撃戦は「出動禁止」の命令が出ていたのにもかかわらず、勝手に出動したもので、当然ながら処罰の対象となるものであった。ところが師団首脳部からは『全軍的企図を暴露するものである』と叱責されただけで、それ以上の罰はなかった。それどころか、これが上聞に達し天皇陛下から御嘉賞の御言葉に加えて、恩賜の御酒が届いたという。

戦後は自衛官の頂点へ

八月十五日、来襲するB－29に対して体当たり攻撃も辞さない闘志で、果敢に戦った二四四戦隊、またの名を「つばくろ部隊」の戦いは終わった。

「自存自衛のための戦争でしたが、終わってみれば多くの戦友を亡くしていました。必死に戦ったあの戦争とは何だったのか。しかし、これだけは言える。決して侵略戦争ではなかったと。そして世界にあった植民地が解放され、それぞれが独立国として今日あるということも忘れないでほしいと思います」

職業軍人として戦ってきた竹田五郎元陸軍大尉の戦後は、どのようなものだったのだろうか。

「自動車修理工場で働いたこともありまし、平和台球場でアイスキャンデー売りをやったこともあります。その後、警察予備隊が創設されて入隊し、浜松基地に保安隊航空学校が開校すると、そちらに移りました。これでまた飛行機に乗れると嬉しかったですね」

時は過ぎて、昭和五十一年九月六日の午後一時五十分過ぎ、国籍不明機一機が航空自衛隊のレーダー監視網と千歳基地をスクランブルしたF-4EJ二機のレーダーから消えた後、函館空港に強行着陸してきた。これがのちにソ連のミグ25であることが判明し、世界中に大きな衝撃を与えた。

その当時、竹田空将は、三沢基地に司令部を置く航空自衛隊北部航空方面隊司令官の地位にあった。この情報に接した竹田司令官は、第二航空団司令・眞志田守空将補に対して急いで調査団を函館に派遣するように命じた。

「私は、というか部隊自体も、緊張はしましたよ。当然、情報警戒体制は強化しました。もともと待機中の要撃機は、実弾を搭載しておりますし、一時はCAP（戦闘空中哨戒）も行なっていました。しかし、いまにも対ソ戦が勃発するような雰囲気ではなかったですね。

ある政治家は『ダイナマイトが転がり込んできたようだ』と言って早期返還を求めたようですが、私は『これはダイヤモンドだ』と思っていました。当時、ミグ25は西側諸国では謎のベールに包まれた『幻の戦闘機』といわれておりましたからね」

昭和54年、統合幕僚会議議長に就任した竹田五郎空将

竹田空将は、北空司令官の後、次なるステップである航空総隊司令官のポストに就く。このポストは航空自衛隊ではナンバー2の位置である。そして昭和五十三年三月十六日、第十四代の航空幕僚長に就任。

普通の出世物語はここで終わるのだが、竹田空将にはもう一つ上のポストが待っていた。陸・海・空の三自衛隊二十五万人の頂点に立つ、統合幕僚会議議長になったのである。そして昭和五十六年二月、多くの防衛庁職員、自衛官に見守られて竹田は防衛庁を去った。

竹田五郎氏に初めてお会いしたのは、航空総隊司令官のときであった。自衛隊を退官されたあとも、ある出版社の企画で、小手指のご自宅にうかがって、統幕議長の制服をお借りしたこともあった。その後、町田の方へ転居されたあとも数回お目にかかっている。いつも優しい眼差しと笑顔で応じていただいた。かつては陸軍の戦闘機乗りとして、B-29を撃墜するという戦果もあげられている。この方が上官なら部下たちは喜んで身を挺して戦うであろうと思われる人格者であると思った。九十七歳、「令和」の時代を迎え、お元気である。

（『歴史群像』平成十八年六月号〈学習研究社〉所収「竹田五郎インタビュー」に加筆）

第八話

戦犯として死刑判決を受けた
朝鮮人軍属の戦中・戦後

【証言者】
文《ムン》　泰《タイ》福《ボク》
元日本陸軍軍属

シンガポールでの死刑判決

「日本陸軍の軍属である文元泰福《ふみもとやすふく》（創氏改名による日本名）は、英国人捕虜にたいして、糧秣を少ししか与えず、さらに捕虜が病気であるにも関わらず、強制的に労務につかせ、また病人にたいしては医薬品を与えなかったことにより、英国人捕虜多数が死亡した。よって、捕虜虐待をした行為は重罪にあたり、死刑の判決を言い渡す」

その瞬間、文泰福《ムンタイボク》さんはヘタヘタと椅子に座り込んでしまった。裁判の経緯を語る通訳の言葉が何をいっているのかさえ理解できない状態であった。

文さんが裁かれている軍事法廷は、法廷と呼ぶにはあまりにも殺風景なところであった。シンガポール軍事法廷には、英国人の陸軍中佐が裁判長の席にすわり、判事が二人であった。文さんには弁護士が一人つけられたが、これは形だけのもので、文さんについても一切の弁護はしなかった。そして、日本語の通訳が一人ついた。

裁判長が「コンプレイン」という言葉をいった。何か不満があるかということだった。

「私が申し上げたいことは、私は起訴状にあるような非道なことはしておりません。われわれ軍属というものは身分が軍馬より下の存在になります。それが、どうして糧秣、医薬品を与える権限が持てるのか。われわれにはそんな大きな権限はいっさい持たされてはいません。もし本当に起訴状のようなことをしていたならば、もっと犠牲者が出たはずです」

それだけいうのが精一杯だった文さんは再び倒れ込むように椅子に座った。たった一日、いや半日の軍事裁判で、文さんには死刑が宣告されたのだ。その後、身柄はチャンギー刑務所から、死刑囚のみが収容されるボホール刑務所へ送られた。

捕虜収容所監視要員に応募

文泰福さんは大正十二（一九二三）年七月二十七日、朝鮮は全羅南道求礼郡で生まれた。昭和十一（一九三六）年に小学校を卒業すると、父親の意向で、東京・神田にある錦城学園中等学校へ入校した。昭和十六年三月に錦城学園を卒業すると父母が待つふるさとの全羅南道へ帰った。長男であるため、家業の造り酒屋を継ぐためであった。しかし、文さん自身、家業を継ぐことはどうしても気乗りがしなかった。

そこで、父親は医師になることを推めたが、文さん自身は法律家になりたかった。

その年の十二月八日、日本海軍の南雲機動部隊は、アメリカ・ハワイのオアフ島パールハーバーに在泊する米太平洋艦隊の戦艦その他の艦艇やエアベースの航空機を攻撃し、日米両国は全面戦争に突入していった。しかし、その当時の朝鮮では大きな変化はなかった。年があらたまった昭和十七年五月ごろのことであった。朝鮮で発行されている『東亜日報』の朝刊に「シンガポール、ジャワ、スマトラといった異国で、米英蘭の連合軍捕虜を監視するための収容所要員募集」の広告が載った。その内容は「二年の契約で毎月四十二円、南方手当をふくめると月額百円ほどになる」という高額なものだった（後日談であるが、実際に支払われたのは五十円くらいで残りは強制的に貯金に回すということだった。しかし、戦争が終わってしまうとそれはホゴにされ、最後まで支払われることはなかった。この件は後に賠償問題として裁判がつづいた）。

「私はこれだと思いましたね。今、朝鮮の求礼郡の田舎で平和な暮らしをしていても、いずれ徴兵でもって行かれることになるだろう。どうせそうなるなら、これに応募しようという気になりましてね。なにしろ『私共ハ大日本帝国ノ臣民デアリマス。心ヲ合ワセテ天皇陛下ニ忠義ヲツクシマス』と皇民化教育を受けてきましたので、父親には内緒で志願しました。一週間ぐらいたって〝合格〟の通知が来ましたね。ところが、これを知った父は猛烈に反対しましたが、その時はもうどうにもなりませんでした。

収容所監視要員の合格者は朝鮮全土から約三千人が集められましてね。六月から約二ヵ月にわたって、釜山の西面にある軍隊訓練所で、基本訓練をうけることになりました。それは軍事訓練の延長のようなものでしたね。それが終わった八月下旬、私は他の志願者と共に、タイ国へ行くことが決まりました。

われわれは家族に見送られることもなく、釜山港に集まりました。釜山港の埠頭には中型の輸送船が停泊しておりましてね、それに乗り込むと船はすぐに埠頭を離れました。しばらくすると後方にかすんで見えていた釜山の山が視界から消えましてして、あっこれで故郷ともお別れだと、しんみりとしたものです。

その翌日、輸送船は広島の宇品に着きました。宇品港では上陸することなく、そこに待機していた大型の輸送船に乗り替えることになりまして、移乗が終わると、すぐに出港となりました。それから二、三日後だったですかねぇ、台湾の馬公に着きましたが、ここでも上陸は許可されず、補給物資を積み込むと出港しました。それから何日たったかは忘れてしまいましたが、仏領インドシナ（現ベトナム）のサイゴン（現ホーチミン）に着き、ここで初めて上陸が許されました。三日ほど輸送船は仮泊したあと、メコン川を遡って仏領インドシナ（現カンボジア）のプノンペンに着きました。

朝鮮総督府陸軍兵志願者訓練所の朝鮮人志願兵。軍属の文さんも訓練を受けた

その日から陸路を移動することになり、五日間をついやして、最終目的地であるタイのバンコクに着きました。ここでわれわれ朝鮮人の日本軍属八百人が、タイのイギリス人捕虜収容所の監視および労務の監督にあたることになったのです」

泰緬鉄道建設現場に派遣

それに際してまず日本陸軍の指揮下に入った。そこで軍属一人ずつに小銃が手渡された。ところが、これがなんとイギリス軍から奪い取ったイギリス製の小銃であった。文さんたちのだれ一人として、天皇陛下から授かるとされる「菊の御紋章」つきの三八式歩兵銃を渡されたものはいなかった。書類や口頭では皇民化をいいながら、大きな差別であった。

「ここで初年兵教育のマネゴトみたいな訓練を受けまして、実包五発が手渡されました。私は第二分所、所長は柳田陸軍中佐でしたがその麾《き》下の小久保小隊に配属となりました。小久保少尉ひきいる小隊は軍属七十人ぐらいであったと思います。われわれに与えられた任務は、当時、膠着していた中国戦線を打開するため、タイ～ビルマ（現ミャンマー）間に鉄道を建設するのに必要な労働力を提供することにありました。その労働力がイギリス人捕虜ということだったのです」

この鉄道こそ戦後、アメリカ映画『戦場にかける橋』（The Bridge on The River Kwai）で世界的に名が知られることになった泰緬《たいめん》鉄道のことである。タイのノンブラドックを起点としてケオノーイ河谷に沿ってニーケを経てビルマのタンピサヤにいたる、約三百四十キロメートルの鉄道をわずか十ヵ月で建設したのである。

昭和十六年十一月五日の御前会議で、杉山元《はじめ》陸軍参謀総長は、日米開戦となった場合、太平洋と東南アジア地域攻略の南方作戦について、攻略目標は、グアム、香港、マレー、ビルマ、ボルネオ、スマトラ、ジャワ、セレベス、ビスマルク諸島などであるが、作戦の重点はマレーとフィリピンである。ここを攻略したあと、タイに進駐し、その後はフランス領インドシナ（現在のベトナム、カンボジア）を安定させる。さらにビルマ（現ミャンマー）作戦を行なうこととしていた。

御前会議の翌六日、タイ進駐のため第十五軍（司令官・飯田祥二郎中将）が編成された。麾下部隊は、第十八師団、第三十三師団、第五十五師団、第五十六師団の四個師団であった。

十二月八日、南雲機動部隊がハワイの真珠湾奇襲を成功させたころ、タイ進駐作戦も開始され、近衛師団は仏印（フランス領インドシナ）から、タイ・カンボジアの国境を超えて、九日の夕刻にはバンコクに進駐している。第五十五師団の歩兵第一四三連隊はマレー攻略部隊と同時にタイ南部へ上陸したあと国境を越えて、ビルマ最南端のビクトリア・ポイントを占領した。

十二月二十二日、陸軍参謀本部作戦課長の服部卓四郎大佐がサイゴン（現ホーチミン）に司令部を置く南方総軍に、ビルマ戡定作戦の方針を伝えにいったとき、南方総軍司令部は、タイ国カンチャブリからケオノーイ河に沿って鉄道を建設したいという計画を示し、大本営の決断を要請した。

ところがこの計画書を検討した大本営はこれに難色をしめし、陸軍省も莫大な予算が必要となるので承認しなかった。それでも昭和十七年四月二十五日、下田宣力少将が南方総軍の第二鉄道監として赴任すると、泰緬鉄道建設に積極的であった。というのも、制海権を失った日本の輸送船が、連合軍に沈められはじめ、ビルマの洋上補給ができなくなる恐れが出てきたからである。「泰緬鉄道建設要綱」が大本営の総長指示として許可が出されたのは、昭和十七年六月二十二日のことであった。

捕虜との生活

泰緬鉄道建設の主軸は、日本陸軍南方総軍（寺内寿一大将）麾下の第五野戦鉄道連隊（連隊長・鎌田銓一大佐）、第九野戦鉄道連隊（連隊長・今井周大佐）、第十一野戦鉄道連隊（連隊長・安東恒雄大佐）であった。第五野戦鉄道連隊がビルマ側から、第九野戦鉄道連隊がタイ側から着工した。

「われわれは、タイのノンブラドックから約二百三十キロの地点へ派遣されました。軍属の責任者には私が指名され、イギリス人捕虜の将校はパインコビン中佐をはじめ五人、下士官兵百十七名でした」

そこで居住する建物は、孟宗竹のような太い竹を柱にして、屋根は現地でアタップと呼ばれるヤシの葉で覆っただけのもので、そんな中で捕虜と一緒に寝起きする生活がつづいた。

「三度の食事は鉄道連隊の糧食班が、われわれの分も一緒につくってくれるので、飯盒をもって行き、それに入れてもらうだけでしたね。もちろん捕虜たちの分も鉄道連隊がつくっていましたが、食事といえるかどうか。カボチャや冬瓜《とうがん》、くだき米などで、どっちかというと、ほとんどトリのエサに近いものでした」

泰緬鉄道の建設現場で日本軍の監視の下、作業に当たるイギリス軍捕虜。劣悪な環境で伝染病などの犠牲になる者も多かった

ある朝、病気で寝ていた捕虜が心臓脚気（ビタミンＢ１が慢性的に不足すると、神経や筋肉系、循環器系、消化器系に障害があらわれる。循環器系では、心拍数の増加、息切れ、低血圧、下肢や顔のむくみなどがみられる。これらは俗に「心臓脚気」といわれる。ひどい場合は心臓が肥大し、ちょっとした動きにも心臓が対応できずに、死ぬこともある）で死亡したと、捕虜の軍医から通訳を通して連絡があった。

文泰福さんは捕虜たちにたいして、死者を埋葬する穴を掘らせた。文さんら三人の軍属は、捧げ銃をし、異境の地で変わり果てた姿となったイギリス人捕虜を丁重に葬った。そのとき、従軍牧師が聖書を読みあげた。いまは敵対関係にあるが、平和な時代なら握手などして、仲良くしていただろうと思うと、文さんは戦争を恨んだ。

しかし、そんな感傷的なことはすぐに吹っ飛んだ。「皇軍」のひとりとして、まだまだ張り切ってやらなければならないことが沢山あったのである。

鉄道連隊本部から文さんのもとへ毎日、捕虜を何人出せといってくる。たとえば、「病気で二人ほど寝てますから、員数が揃いません」ということは出来ない。どんなことがあっても員数はきちんと揃えなければならなかった。軍隊ではいっさいの言訳は許されないのである。

しかし、粗悪な生活環境と悪条件の中で、捕虜たちは疲労と心労とマラリア、チフス、コレラ等の病気にむしばまれていたことも事実であった。ところが、それらを治療するのに充分な医療施設は用意されていなかった。

泰緬鉄道建設にたずさわった人員は、日本軍一万人、捕虜五万五千人、現地人労務者約七万人、合計すると十三万五千人ということになる。このうち死亡した人は、日本人一千人、捕虜一万五百人、現地人労務者三万人合わせて四万一千五百人であった。

これら多くの犠牲者を出して、クワイ川、チャナブリ、チョンカイなどと鉄道がつながられ、タイのコンコイターで線路の連結が終了すると、泰緬鉄道は全線開通となった。昭和十八年十月二十五日のことであった。本格的な工事が始められてわずか八ヵ月で完成したのである。

日本敗戦、戦犯に

明けて昭和十九年、文さんたち朝鮮人軍属は、日本軍との契約は「二年間」ということであったが、戦局がひっ迫してきた。制海権・制空権を失った日本軍は、ビルマへの海上輸送が完全に途絶したため、孤立してしまったのである。この状況下で契約が切れたからといって帰国することが許されるはずもなかった。

やがて敗戦。そこでは思いがけない運命が待ちうけていた。昨日まで捕虜だった者が天下晴れての自由の身となったのとは逆に、文さんたちは捕虜の身となった。なんという運命のいたずらだろう。ＢＣ級戦犯として文さんたちはシンガポールのチャンギー収容所へ入れられたのだ。

「われわれに与えられたのは毛布二枚と歯みがき粉と歯ブラシ。これが私たちの〝全財産〟でした。くる日もくる日も鉄条網の中での生活がつづきました。死刑の宣告を受けて一ヵ月、ボーッとしたまま何をする気力も起きませんでしたね。その間に一人、二人と絞首刑で、刑場の露となって消えていった。その中には第十六軍司令官・原田熊吉中将、第九旅団長・河村参郎《さぶ》中将の姿もありました。とくに原田司令官は『戦争は勝っても敗けても二度とやってはいけないことだ』といって死地に赴いたのでした。

私は当時二十三歳でした。死ぬことに恐れをいだいたことはありませんでしたが、自分はいったい誰のため、何のために死ななければならないのか、独立した祖国・韓国からは日本軍に協力した逆賊とみなされることにいい様のない苦しみがありましたね。しかし、ひと月も過ぎるとやっと腹を決め、いつ死刑になってもいいと思うようになりました」

当時、イギリス人将校かインド人の将校が法務官と一緒に刑務所を訪れるときは、必ず絞首刑が執行されることになっていた。三年前、文さんと一緒に志願した同胞が「皆さんいつまでもお元気で」「天皇陛下万歳」と叫びながら何人か断罪されていった。ところが、どうした訳か、すでに二ヵ月以上も経っているのに、文さんには〝死刑執行〟の声がかからなかった。

そんなある日、インド人の将校と法務官がやってきた。文さんはいよいよ来るものが来たなと覚悟を決めた。法務官が、文さんが収容されている鉄格子の前に立った。

「フミモトか」

と声をかけた。文さんは不動の姿勢で立っていたが、うなずいた。すると法務官はそれを確認すると、つぎのようにいった。

「あなたは再審の結果、死刑から懲役十年に減刑になりました」

そのとき文さんは、うれしいとか助かったという感じはなかったという。それより死ぬと決めてしまった意思がグラつきはじめた。そして、その日のうちに既決囚としてボホールからオートラム刑務所に移された。

日本政府との交渉

「生き残ったわれわれ軍属傭人のうち、オランダ関係者は昭和二十五年一月に、イギリス関係者は二十六年八月に、日本の巣鴨刑務所に移されました。私はイギリス関係でしたので、八月二十七日、シンガポールから横浜港に着きまして、その後、米軍差しまわしのバスで巣鴨刑務所へむかいました。この巣鴨刑務所を出所したのは刑期よりも三年早い昭和二十七年でしたが、私はすでに三十歳になっていました」

いまにして思えば、文さんにとって理不尽なことが多すぎた。戦時中の行為を日本人として罰せられたので、昭和二十七年にサンフランシスコ平和条約が発効するとともに、日本国籍を喪失した文さんたち韓国籍の人びとは昭和二十七年六月、人身保護法により「即時釈放」を求める訴えをおこした。

しかし、最高裁判所は「加刑時が日本人であったから刑の執行に差しつかえない」との判決を下し、文さんたちの訴えを却下した。それだけではなかった。昭和二十七年四月二十八日の対日講和・日米安全保障条約が発効すると、アメリカ軍に変わって今度は日本政府がひきつぎ、巣鴨刑務所での拘禁生活は続いた。このようにして、日本人として刑の執行を強要された文さんたちは、昭和三十二年四月五日、最後の友人が出所するまでの長い間、韓国人でありながら日本の戦争責任を背負って、巣鴨刑務所に拘置されてきた。

「釈放されたわれわれは、今度は韓国人という理由で、日本国におけるすべての国家補償から除外されました。しかも仮釈放という身分のため、韓国に帰ることもできませんでした。親や兄弟、知人もいない日本での生活を余儀なくされたのです。晴れて出所したところで、日本での生活基盤はゼロでした。その日から路頭に迷い、生活費は底をつき、心身ともに衰弱した三名が病死し、厭世感から数名の自殺者もでました」

やり場のない怒りに、文さんたちはどうすることもできなかった。これでは駄目だと思い、既釈放者とまだ巣鴨刑務所に収監中の者たちが結束して、昭和三十年四月、韓国出身者戦犯者同進会が結成された。そして、日本政府との交渉に入った。

日本人の旧軍人、軍属、戦犯および刑死者には、遺族にたいして遺族年金、軍人恩給、弔慰金などが支給されているのに、文さんたちにたいしては〝外国人〟であるため一切の補償は認められなかった。

「そこで、軍属として働いていたとき、強制的に貯金させられた毎月五十円の三年分だけでも返還して欲しいとの交渉もなしのつぶてでした。自分が貯金したお金をどうして返してくれないのか、われわれは日本政府にムリ難題をふっかけているのでありません。ごく当たり前のことをいっているだけです。

いまは、われわれもすっかり年をとってしまいました。日本政府との交渉にも疲れ果ててしまっています。最後に一言いっておきますが、二年契約（実際は三年有余）で志願した三千人の軍属のうち、百二十五名が有期、無期刑になり、二十五名が死刑に処せられました」

＊

文泰福氏。在日韓国人で、日本で中学校を終えたこともあって日本語はいたって流暢であった。日本政府の戦時中の対応について批判されているが、穏やかな語り口で、私自身も納得できる説明であった。東京・田無にプラスチックを再生産する今でいう「エコ」の元祖みたいな工場を持っていて、そこに「同進会」の事務局が置かれていた。

（昭和六十二年七月二十六日、田無の同進会でインタビュー）

第九話
広島原爆の惨状を撮影した
ニュース映画カメラマン

筆者のインタビューを受ける柾木四平さん

【証言者】

柾木《まさき》四平《よへい》

元日映ニュース・カメラマン

ポツダム宣言

昭和二十年に入ると、小笠原諸島の南端に位置する硫黄島が米軍の手に落ち、四月、五月、六月と三ヵ月にわたって太平洋戦争最後の戦闘が沖縄を舞台にくりひろげられた。いっぽう、マリアナ諸島が米軍に攻略され、そこには米陸軍航空基地が建設されてB-29戦略爆撃機の一大基地となった。連日のようにB-29の大編隊による日本本土空襲が本格化した。特に三月十日の東京大空襲は非人道的な無差別爆撃であった。

沖縄が米軍によって占領されると、六月ごろから日本全国の地方都市にも爆撃が加えられはじめた。そのため、国鉄（現JR）、私鉄などの交通機関は大混乱におちいった。さらに食糧危機が襲ってきた。いっぽう、本土からの攻撃がないとわかると、米艦隊は日本近海に接近し、空母から艦上爆撃機、艦上戦闘機などが発艦して、じゅうたん爆撃を加えた。

世界では、日本に戦争を終わらせるための会議が行なわれた。アメリカのトルーマン大統領、イギリスのチャーチル首相、ソ連のスターリン首相らがベルリン郊外のポツダムで会議を開き、米英中の三国名で「ポツダム宣言」を発表した（ソ連は当時、日ソ中立条約を結んでいたので、これを廃棄したあとに参加した）。

ポツダム宣言は、つぎのようなものであった。

一、日本国民をだまして、戦争にかりたてた人たちの権力や勢力を排除する。
一、日本に、平和・安全・正義のあたらしい仕組みができ、戦争を遂行する戦力がなくなるまで、連合国軍は日本を占領する。
一、日本は、侵略によって手に入れた領土をそれぞれ元にかえす。日本領土は、本州、北海道、九州、四国と連合国が決める小さい島々だけになる。
一、日本の軍隊は武装を解除されてから、おのおのの家庭に戻って、平和な生活をする。
一、戦争犯罪人には、きびしい罰を加える。民主主義を育てるために邪魔になるものをとりのぞき、言論、思想、宗教の自由を認め、基本的人権を尊重する。
一、平和産業をつづけるのは良しとするが、戦争のための軍備に役立つような産業は許されない。
一、これらのことが成し遂げられ、日本国民の自由な考えによって、平和を願う責任のある政府ができたときは、占領軍は、直に日本から引き揚げる。

「ポツダム宣言」は、日本が無条件降伏か、日本が滅亡する道を選ぶか――二つの選択肢を突きつけたのである。

だが、日本軍部の主戦派は、本土決戦を主張し、徹底抗戦を主張した。これにより、アメリカは日本を屈服させるには原爆の使用もやむなしと結論づけた。

「特殊爆弾」の落ちた広島へ

「そのころの東京はB－29による空襲ですでに焼け野原となっていました。戦局は日に日に悪化し、一億の民が火の玉となって戦うという本土決戦が、現実味をおびてきていました。八月七日、いつものように銀座八丁目にあった日本映画社（日映）へ出勤しました。出社するとすぐに土屋斉ニュース制作部長に呼ばれました。開口一番『広島に特殊爆弾が落ちて、広島市街は壊滅状態らしい。そこでだが、キミに現場へ行ってもらいたい』といわれました」

この社命を受けたのは、日映のニュース・カメラマンとして当時その名が知られた柾木四平さんである。

「B－29による連日の東京空襲で、爆弾・焼夷弾の投下にはとうに慣れっこになっていましたんで、とくべつ驚くことはありませんでしたが、広島に投下されたのが特殊爆弾といわれてもどんな爆弾なのか想像もつきませんでした。とりあえず広島へ行くしかありませんでした」

柾木さんは日頃から、いついかなる時空襲や事件・事故が起きても、すぐに現場へ出かけられるように、会社のデスクの横にはリュックサックを置いていた。それに身の回りの物を押し込むと、愛用のアイモ（アメリカのベル＆ハウエル社製の三十五ミリ映画の手持撮影機で、当時のニュース映画はほとんどがこのアイモ撮影機で撮影された）を手に持って社を飛び出して、新橋駅へむかって急いだ。

その当時の東海道線は、時刻表どおりに走る列車などひとつもなかった。少し走ってはすぐ停まり、停まってはまた動くという状況で広島への道は長かった。

「八月八日の午後二時か三時ころだったと思いますが、やっと広島駅に着きました。プラットホームに降りて市街の方に目をやったとき、そこには信じられない光景がひろがっていました。駅構内の貨車という貨車がマッチ箱をひっくり返したように、いとも簡単に転がっていたんです。それにつづく街はほとんどの建物が倒壊していましたね。

昭和20年8月6日、広島に投下された原子爆弾炸裂後にできた巨大なキノコ雲

私は、自分の目を疑ってもう一度、目を凝らして見た。廃墟という言葉すら白々しく感じられるほど凄惨な光景でした。たった一発の爆弾でこんなにもひどくなるものだろうか？　もし、そうだとしたらアメリカはなんと破壊力のある恐しい兵器を持っていることだろうと思いました。それにしても、竹ヤリ戦法と広島に投下された新型爆弾を比較して、アメリカの科学の発達にそら恐ろしいものを感じましたね」

昭和二十（一九四五）年八月六日〇二：四五（現地時間）、西太平洋上にあるマリアナ諸島テニアン島の米陸軍航空基地ノース・フィールドを、一機のB－29戦略爆撃機が離陸していった。米第二十空軍第五〇九混成航空群所属の機体である。機首の側面にはENOLA GAY（エノラ・ゲイ）と書かれている。機長はポール・チベッツ大佐。機体に書かれたエノラ・ゲイとはチベッツ大佐の母親の名前である。

〇五：五二。硫黄島上空で二機のB－29と合流して（この二機は偵察と誘導、気象などを調査）、日本本土上空をめざした。この日エノラ・ゲイに搭載されている爆弾はアメリカが開発した原子爆弾であった。まだ、世界中どこの戦場でも使用されたことのない爆弾である。最高機密の重要な任務飛行のため、八月三日、グアム島の米第二十一爆撃隊司令官カーチス・ルメイ少将がテニアンのノース・フィールドにやってきて、チベッツ大佐に特別爆撃任務命令書第十三号を手渡した。

爆撃の目標は天候の具合によって変更されることもあるとされていた。第一目標が広島市街工業地域、第二目標が小倉兵器廠および市街地域、第三目標が長崎市街地域となっていた。

エノラ・ゲイは高度三万フィート（約九千メートル）で飛行していった。〇八：二四（アメリカ時間。以下同じ）気象偵察機として前方を飛んでいた「ストレート・フラッシュ」から「雲量、その他が爆撃任務に影響がないので、第一目標爆撃を勧める」との入電があった。

〇九：一四。エノラ・ゲイの後部の爆弾庫の扉が開いた。照準点の広島市相生橋上空にきたとき、爆撃手のフィヤビーが投下スイッチを押した。世界史上初の原爆が投下されたのである。時に日本時間〇八：一五（アメリカ時間〇九：一五）であった。広島に落とされた原爆はリトルボーイと呼ばれ、小型のものだったが、それでも死者十万人以上の大きな被害となった。

人類史上初の原爆を広島に投下した米B-29爆撃機「エノラ・ゲイ」。写真は原爆投下後、テニアン島基地へ帰還時に撮影

広島で撮影した地獄絵図

柾木さんは駅前の広場に出ると、廃墟の街と化した市街を歩いた。焼けつくような真夏の太陽は、容赦なく照りつけていた。駅前は岡山、山口など近県から急きょ駆けつけた救援部隊でごったがえしていた。

新型爆弾による火災は街を総ナメにし、柾木さんが街頭に立ったときも、まだいたるところでくすぶりつづけていた。まるで死の街であった。車も路面電車も燃えつきて、乗り物はなにもなかった。そのため陸軍中国軍管区司令部（広島城跡）に行くためには歩くよりほかはなかった。

やがて軍管区司令部に到着すると、陸軍の将兵たちは冷静さをすっかり失い、大混乱状態であった。柾木さんは、さっそく司令部の報道担当の部署をたずねると、隊長に会うことができた。

「私は新型爆弾でほとんど壊滅した広島の状況を国民に伝えるべき任務をもって東京から取材にきた日本映画社のニュースカメラマンです。しばらく広島に滞在して撮影したいので、司令部内のどこかに宿泊場所をご提供お願いしたいと思います。とにかく寝るだけで結構ですから……」

と柾木さんが申し出ると、隊長はその場で「よろしい」という返事をくれた。

その言葉を聞くと、とりあえずリュックサックを背から降ろし、ホッとした。「ありがとうございます」というお礼の言葉もそこそこに、柾木さんはアイモをもって街へ飛び出した。しばらく歩いていると、突然、足どめをくらうほどの凄惨な光景がそこにはあった。柾木さんはその状況を見て軽い目まいを感じたという。

太平洋戦争がはじまると、柾木さんは中国大陸その他の戦場から戦場へ飛び撮影をつづけ、戦場カメラマンとして多くの修羅場をくぐってきたが、かつてこれほどの地獄絵図を見たことはなかった。だが、柾木さんはニュース・カメラマンである。心を鬼にしてこの現実をフィルムに収めなければならなかった。

「これはまさしく、もの凄い破壊力をもった特殊爆弾に違いないと思いました。もしかすると原子爆弾では――そんな思いがしましたね」
柾木さんにとって広島市は初めての街で、街の様子はわからなかった。何度目かの角を曲がった時、ほとんどハダカ同然で全身が焼けただれた女の子や、顔、腕、足に火傷を負い、ひどい火ぶくれで、やっと生きているという感じの一人の青年をフィルムに収めた。

「新型爆弾」の爆発で一面の廃墟と化した広島市街。柾木カメラマンの眼前には想像を絶する凄惨な光景が広がっていた

そこら一面、吐気をもよおすほどひどい死臭が漂っていた。さらに歩くと道路上に数人の死骸が横たわっていた。それらの人々を撮影しようとファインダーをのぞくと、故知れぬ悲しみが柾木さんを襲い、涙があふれてファインダーがくもった。だが、アイモを回しつづけた。

「私がたとえどんな言葉を使っても、このすさまじい光景を説明することはできません。この新型爆弾の恐ろしさを後世に伝えるには、フィルムに記録しておくことしかないと思いました。非情といわれようと、私はニュース・カメラマンの使命で、この惨状を歴史に残すのだと必死になって撮影しました」

柾木さんは、なんとかして新型爆弾の投下後の情報をつかみたいものだと思った。しかし、被爆者はほとんどといってよいくらい、焼き殺されているのだ。しばらくして、御幸橋の側で、顔が赤紫色にふくれあがり幽鬼のような姿で立っている一人の青年を見つけた。

「ねえ君、ちょっと爆弾が落ちたときの状況を話してくれないか」

柾木さんは、すがりつくような思いでその青年に声をかけた。だが、なんということであろうか。青年は呼吸をしているだけの人間であった。まったくの放心状態で、人間としての意思は消え失せ、むくんだ顔、うつろな瞳は爆弾の落ちてきた空を睨みつけるかのようだった。あまりのショックに、口もきけなくなってしまったのだろうか。柾木さんは暗澹たる気持であった。

八月九日、爆心地付近と思われる中国軍管区司令部のそばにある護国神社にむかった。神社の鳥居はへし折れ、石灯籠の表面が熱線によって溶けていた。草木は根こそぎやられ、枯木となり、幾多の歴史の面影を残していた社や境内は、跡かたもなく完全にフッ飛んでいた。

護国神社の撮影を終えて、爆心地と思われる方角にむかって歩いた。倒壊した家屋や燃えつきた家が、まだ少しいぶっていた。それらにカメラを向けて撮影をつづけた。すると、立っているのがやっとという風な老人に出会った。何かに憑かれたかのように一生懸命に瓦礫をかきわけていた。

「おじいさん、いったい何を探しているんですか?」

柾木さんは老人に声をかけた。すると老人は力なくふり返った。

「あのな、孫が、たぶんこの辺りで埋っているんじゃないかと思ってな。せめて骨の一つも拾って、成仏させようと思っているんよ。このあたりは何人も何人も、相当な数の男や女が死んでしもうた」

というと、老人は柾木さんに背を向け、ふたたび瓦礫を掘りはじめた。悲しみをこらえて瓦礫を掘る老人にどのような憐憫の言葉を投げかけても、それを受けつけない悲しみと怒りがあった。そして、その老人の横の瓦礫の中に主をなくした子供用の茶碗が、むなしく転がっていた。これらもニュースの対象としてフィルムに収めた。柾木さんは何かにすがりつきたいような気持で、そこを後にした。

ギラギラと照りつける夏の陽射しは、広島の街に無慈悲にふりそそいでいた。この暑さの中、咽が渇き冷たい水を思いきり飲みたかったが、飲める水はどこにも見あたらなかった。

老婆の肌に焼き付いた着物の柄

八月十日、多くの被爆者が避難している国民学校へ撮影に行った。被爆者の心を印象づけるかのように、講堂の中は暗かった。広島の街のほとんどが停電状態だった。暗い講堂は所せましと人々があふれ、死んだようにぐったりして横たわっていた。火傷で赤紫色にはれあがった顔で「かあちゃん、かあちゃん」と手さぐりで親を求める幼な子。「水をくれ、みず……」といって身もだえし、転げ回り、そのまま息をひきとっていった老人。うめき、叫び、苦しみ、人間の顔の面影すらないくらいの火傷を負った男性。さらに死が、刻一刻と迫り来るのを知っているかのような虚ろな視線があった。柾木さんは、とにかく誰でもいい、爆弾投下の話を聞きたかった。応急手当にあたっている医師だって固く口をつぐんだままだった。被爆者を治療する術がなかったからだ。柾木さんの怒りは燎原の火のように体中で燃えさかっていった。と同時に、この現実を直視してカメラを回しつづけなければならない自分の職業を怨んだ。

八月十一日、爆心地より三〜四キロ離れている横川方面への撮影にむかった。その日も広島の上空には、朝からカッと照りつける陽射しが、すべてを焼き焦がすかのようだった。横川に着くと、爆弾の落ちるのをはっきり見たというモンペ姿の年老いた女のひとに出会った。

「あれは、六日の朝八時半ころ、軍による空襲警報解除があったすぐ後でした。そりゃ凄い光でしてな。ピカッと青白い閃光が私の目に入ったと思った瞬間、大地震のように、家屋全体が揺すぶられ、目に針がささったような痛みを感じたんよ。そしたらキノコのお化けのような雲が上空高く舞いあがりました」

老婆は、ポツリ、ポツリと恐怖の瞬間を語ってくれた。そして老婆が、見てくれといって着物の袖をまくった。

柾木さんはアッと息をのんだ。なんとカスリの着物と同じ模様が、老婆の肌に焼きついていたのだ。なんでこんなひどい目にあわねばならないのか。神も仏もない地獄絵図だ。柾木さんは故知れぬ戦慄が、体中を走り抜けるのをおぼえた。

老婆は、柾木さんを庭先に案内した。庭木が爆弾の光に当たったところは真っ黒に焼け焦げ、光が当たらなかった葉はまだ生きていた。老婆は、このありさまを写真に撮って広島の惨禍を、みんなに知らせて欲しいともいった。その老婆も翌日死んだ。

「爆心地からかなり離れているのにこの惨状、なんとすさまじい破壊力をもった爆弾であろうかと思いましたね。科学に弱い私でも、この爆弾がただの爆弾ではないことぐらいは容易につかめました。その翌日、特殊爆弾が実は原子爆弾であることを聞きましてね。原子爆弾といわれても、初めて聞く爆弾名で、別に驚きませんでしたが、その威力だけはこの目で見てきましたから、これは大変な戦争になるぞと思いましたね」

その後も柾木さんは、原子爆弾についてのいろいろな情報を聞いた。原爆によって放出される放射能が、人体にあたえる影響として白血球を減少させ、骨まで灰にし、草木はおろか、生物というものすべてが七十五年間も不毛となる――といったことを聞いたとき、背すじを冷たいものが流れるのをおぼえた。

八月十四日、柾木さんはふたたび爆心地付近の、鉄骨だけになった商工奨励館の撮影にむかった。その途中、十七、八歳くらいの娘さんが、一糸まとわぬ姿で立っているのを見た。唇は切れ、血が流れ、歯ぐきまで溶けてしまって、いつまでも大きく口を開き、人間の抜けがらのようであった。その娘さんも、その日のうちに死んだ。この日もニュースカメラマンのつらさをかみしめた。

日本が負けた……

八月十五日、その日もまた原爆の街ヒロシマに、太陽は何事もなかったかのように朝から照りつけていた。抜けるような空の青さが、荒れ果てたヒロシマの市街とは対照的だった。柾木さんが広島に来て、はや一週間がアッという間に過ぎていった。早く東京へ戻りたいという思いは日一日とつのっていった。午後になると、被爆者だけでなく健康な人たちも含めて、広島在住の全員が放射能の有無の診察を受けなければならなかった。柾木さんも心配なので進んで受けた。

診療を終えて街に出ると、柾木さんはふと自分の足もとを見た。靴はくたびれて穴があいていた。汗臭くなった手ぬぐい。それに乏しい食糧。飢えと疲労で、体はクタクタだった。それでも、ニュース・カメラマンとしての使命感にカメラを回さずにはおれなかった。この広島の惨状を全世界に知らせてやるぞ、と自分を奮い立たせた。

柾木さんはさらに撮影場所を求めて、太田川の川べりを歩いた。滔々と流れる太田川は、原爆が落とされた時、多くの被爆者たちが「熱いよう、熱いよう」と叫びながら飛び込んだ川でもあった。

やがて西の山々の稜線の彼方へ、真っ赤な夕陽が落ちようとするところだった。柾木さんは「日本が敗けた」という信じられない情報に接した。

「私は思わず、エッと声にならない声を出しましたよ。いつかはこうなるだろうという漠然とした思いはありましたが、それが現実となるとやっぱり、愕然としましたよ」

柾木さんは自分の足もとで、何かが音をたてるようにして崩れていくのをおぼえた。柾木さんはフッと我に帰ると、急ぎ足で軍管区司令部へむかった。歩きながら、日本が敗けるのはムリからぬことだろう。この広島の惨憺たる状況をみれば言葉はいらない。たとえ、このまま戦争をつづけたとしても、たった一個の爆弾でこれだけの都市が一瞬にして壊滅するのだから……と思った。

柾木カメラマンが撮影した潜水艦作戦記録映画「轟沈」(昭和19年)の一場面

中国軍管区司令部の報道部へ着くとやはりそうであった。

「戦争は終わった。日本は敗けたよ。軍も解隊となるから、キミ何か欲しいものがあったら持っていけよ」

報道部長は寂しそうにポツリといった。いつもなら軍服に身をつつみ凛々しい姿の中佐が、虚脱の状態でいたのをみて、柾木さんはすべてが終わったことを知った。われに返ると柾木さんは、靴に穴があいていたので、新しい編上げの靴と毛布二枚をもらうことにした。

「毛布をもらったのは、当時、尾道の実家で父が危篤状態だったので、これまで親孝行もロクにできなかったオヤジへの、せめてもの土産にと思ったのです」

柾木さんは歩いて広島駅に向かった。脳裏をある不安が横切った。戦争が終わったという歴史的な事実に拍車をかけるように、日本の戦争責任が問われることになるだろう。

「私は『轟沈』という記録映画を作ったときもそうでしたが、私の青春は、ほとんど戦場をかけずり回って過ごしたといっても過言ではないのです。その多感なる青春時代に、私が見たものは、戦場の悲惨さであり敗戦国のみじめさでした」

そこはかとない黄昏が、焦土と化した広島にも押し寄せていた。柾木さんは広島駅にむかって歩きながら、何度も振り返った。決して忘れることのできない広島を、しっかりと胸の奥にしまっておきたかった。それは〝人類史上初の核に汚染された街〟であったからだ。

夕刻の広島駅は、すごい混雑ぶりだった。改札口を入って、階段を登って一週間ほど前に降りたプラットフォームの同じ場所に立ってみた。一週間という時の流れが、止まったのではないか、と柾木さんは思った。あたりはもう夕闇につつまれ、人々のざわめきが聞こえていた。

「広島で最後に会った老人はどうしているだろうかと気になっていました。『熱いよう、熱いよう、痛いよう、痛いよう』といって男も女も、お年寄りも子供も、みな死んでしもうたと力なく語ってくれたあの老人は、今日も生きのびられただろうか、と思うと胸が張り裂けるようでしたね」

何年ぶりかに故郷・尾道の土を踏む柾木さんの足どりは、いつになく重かったという。

＊

柾木四平氏。お会いしたのは柾木さんが五十代後半のころだったと思うが、黒いベレー帽にグレーのジャケット、黒ズボンのいでたちで私の前に現われた。物腰のやわらかな話し方で、戦火の中をくぐり抜けてきた人としては、物静かであった。当時、独立プロの映画会社を経営されておられた。

柾木さんが原爆の惨状を撮影したフィルムは、広島から二回にわたって東京の日映本社宛に送られたことまではわかっているが、その後、所在がわからなくなっている。

いっぽう、日映大阪支社から派遣されて柾木さんと同じ頃に広島を撮影した柏田敏雄さんのフィルムも行方知れずになっているが、こちらはある程度、経緯がわかっている。

柏田さんは八月九日に大阪に帰り、未現像のフィルムは東京本社に送られた。東京本社の土屋斉ニュース制作部長は、現像焼付されたフィルムをもって陸軍参謀本部に向かい、そこで試写が行なわれたが、これを見た陸軍参謀本部では「こんな悲惨な広島の状況を国民に知られてはまずい」と、フィルムを没収してしまう。さらに、日映本社に保管されていた原版

は、終戦直後に米軍に没収されてしまった。（岩崎昶『占領されたスクリーン』新日本出版社、一九七五年）

柾木さんのフィルムが消えた理由も、これと同じではないかと思われる。柾木さんが撮影した広島の記録は、「原爆映画第一号」と呼ばれるべきものであった。

（昭和四十三年六月二十三日、インタビュー）

あとがき

太平洋戦争の歴史を学びたい人たちにとって参考書というか、教科書とも言えるのが、防衛研修所戦史室（現在の防衛省防衛研究所戦史部の前身）が編纂した『戦史叢書』（全百二巻、朝雲新聞社刊）である。

日本陸海軍の作戦・戦闘が詳細な記録として収録されている。だが、公文書に近いため将兵個人の感情・心情を記した文章はない。いうなれば「無味乾燥文」である。

それにくらべると個人の手記やインタビュー記事では、暑かった、寒かった、怖かったなどといった自身の感情が綴られているので、読む人も共感しやすい。本書はそれを念頭に、これまでに実際にお目にかかって取材した元軍人をはじめとする数多くの戦争体験者の中から、私が特に心を揺り動かされた方の話をまとめたものである。

最初に、開戦から六ヵ月後に起きたミッドウェー海戦を採り上げた。この海戦は第二次大戦中の戦闘で最も劇的なものの一つに数えられている。開戦劈頭の真珠湾攻撃の大損害で、当時、質量ともに日本海軍連合艦隊に劣っていたアメリカ艦隊が、この海戦で形勢を逆転させたのである。

この歴史的海戦の戦闘状況、戦果については、すでに数多くの書物が刊行されている。私は同郷のよしみもあって、長年親しくさせていただいた元空母「飛龍」乗り組みの萬代久男氏にスポットを当て、一機関科将校の目で見たミッドウェー海戦を伝えたかったのである。

本書で採り上げた話以外にも、私の心に残っている印象的なエピソードはまだまだたくさんある。

かつて作家の亀井宏氏が「丸」誌上で「ガダルカナル戦記」の連載を始めてしばらくたった頃、亀井氏から「在京のガダルカナル戦に参加した将兵の証言をとってほしい」との依頼があり五、六人のかたにインタビューした。その中のある元上等兵の話――。

残り少ない米を、兵士みんなで分け合って大切に食べていた。ある日、食事の支度をするため飯盒に米を入れて川で研いでいるとき、何かの拍子によろけて、米を川にこぼしてしまったのだ。残り少ない貴重な米、上等兵は川底に沈む米を一粒、一粒、懸命に拾ったという。話を聞きながら、私は思わず涙してしまった。

戦場を体験した人たちには、こういった公刊戦史にはない戦記を、もっともっと後世に残してもらいたかったのだが、戦争世代はもうほとんどご存命の方はいない。もはや、聞き書きをして「戦争」を伝えることさえ難しくなってしまった。これから先、あの戦争をどんな方法で伝えてゆけばいいのか。「歴史小説」の新しいジャンルとして確立されるのかもしれない。

長い間、戦争と向き合ってきたものとして、若い世代に期待したい。

令和元年五月

菊池　征男

装幀　渡部和夫（Watanabe Office）

戦争世代から令和への伝言
九人の戦争体験者が遺したことば

2019年7月8日　第1刷発行

著　者　菊池征男

発行者　皆川豪志

発行所　株式会社　潮書房光人新社

〒100-8077
東京都千代田区大手町1-7-2
電話番号／03-6281-9891（代）
http://www.kojinsha.co.jp

印刷製本　サンケイ総合印刷株式会社

定価はカバーに表示してあります。
乱丁、落丁のものはお取り替え致します。本文は中性紙を使用

ISBN978-4-7698-1671-3 C0095